Amazônia
E eu com isso?

Amazônia

E eu com isso?

nurit bensusan

ilustrações de **Taisa Borges**

Sumário

6 Afinal, quem se importa mesmo com a Amazônia?

9 Mudar as regras para preservar as exceções

15 Cruzando os dados e... cruzando os dedos

21 Reluz? É ouro? Mas nem assim é bom...

28 Da escassez de imaginação à abundância de história

35 Copiar para conservar

41 Para além da sucata

48 Tudo muda para permanecer floresta

56 Quando o chamado da vida se torna o chamado da morte

61 Do Tietê ao Tapajós: navegando entre a morte e a loucura

68 Assim na terra como no céu...

74 O plural de mandioca é rio Negro!

81 A tilápia é o coelho da Amazônia?

87 Amazônia? Esquece...

93 Quem mata e quem morre na Amazônia?

99 Azar, casualidade ou consequência?

108 Quer saber mais?

Afinal, quem se importa mesmo com a Amazônia?

É curioso imaginar que um país dê pouca ou nenhuma importância para quase 60% de seu território. A maior parte de seus habitantes jamais visita essa parte do país, nunca frequenta suas paradisíacas praias na beira dos mais esplêndidos rios do planeta. São incapazes de citar o nome de uma árvore típica da região ou de dizer uma palavra em uma das mais de cem línguas faladas por lá.

Essa esquecida parte do país só ganha relevância quando se trata de predar, desmatar, grilar, roubar, destruir, matar, "civilizar". Ou quando o assunto é a importância de "abrir terras" para o agronegócio ou o debate sobre se há – ou não – terras demais para os povos indígenas que vivem por lá. Só, então, as pessoas dedicam alguns minutos e alguma indignação àquela parte esquecida do país.

Curiosamente, essa parte do país é também a maior floresta tropical do mundo e a maior bacia hidrográfica do planeta. Lar de centenas de povos indígenas e de comunidades locais que usam, geram e mantêm a exuberância dessa floresta, a Amazônia é um pilar da frágil estabilidade climática do planeta.

O conjunto de textos que segue tem a finalidade de mostrar que sem a Amazônia caminharemos bem mais rápido para a transformação desse planeta, ainda convidativo para nossa espécie, em um mundo profundamente hostil. Sem a floresta, apressaremos o fim do mundo. Os dinossauros mandam lembranças!

Mudar as regras para preservar as exceções

A floresta não é a regra, ela é a exceção. Uma floresta como a amazônica, então, é completamente excepcional. A regra é o deserto, o parco, o pouco. A exuberância, a abundância, o transbordamento são de outra natureza. Não basta ter um conjunto de árvores, mesmo que ele seja muito grande, para se ter uma floresta. O coletivo de árvore não é floresta. Floresta é o coletivo de organismos diversos e inter-relações profusas, organizados em uma paisagem onde, aparentemente, as árvores predominam. Mas, só aparentemente...

A Floresta Amazônica existe há pelo menos 50 milhões de anos. Nesse período, árvores nasceram, cresceram e morreram. Animais surgiram, andaram majestosos pela floresta ou se esconderam assustados nas sombras das folhas, e se extinguiram ou persistiram. Choveu mais, choveu menos, o clima se transformou, os solos se modificaram, rios apareceram e desapareceram. Mas a floresta continuou floresta.

Outros lugares desse planeta não tiveram a mesma sorte. O deserto do Sahara, por exemplo, já foi uma paisagem verdejante há cerca de 10 mil anos. Não se sabe bem ao certo o que transformou essa paisagem em deserto. Há teorias que envolvem um sobreuso humano, relacionado em parte com o impacto dos animais pastando, e outras, que colocam essa transformação na conta das mudanças de órbita da Terra. O fato, porém, é que paisagens verdes e com água se tornam desertos áridos e secos. Os impactos para as populações locais foram, e são ainda, imensos.

Apesar de 10 mil anos ser bastante tempo, não há dúvida que a tecnologia pode acelerar muito os processos de transformação das paisagens. Exemplos abundam, mas para não ir muito longe podemos verificar a rapidez com que a Mata Atlântica, a enorme floresta que fazia do encontro entre o continente e o mar uma poesia, em praticamente toda a costa leste brasileira, desapareceu. Hoje, reduzida a pequenos fragmentos que totalizam cerca de 10% de sua extensão original, a Mata Atlântica é uma lembrança do que foi e um aviso do que pode ser a Amazônia do futuro.

As florestas no Brasil sempre foram tratadas como uma maldição, um inferno verde do qual deveríamos nos livrar para alcançar algum paraíso perdido, certamente poluído, árido e feio. A violência sempre caracterizou os processos de ocupação e de conversão das paisagens florestais, e na Amazônia não é diferente, ainda hoje, em pleno século 21. Deveríamos ter aprendido alguma coisa, mas não...

A média do desmatamento na Amazônia nos últimos 40 anos é de cerca de 2 mil árvores por minuto. Com as árvores, muito mais se vai... A Amazônia é lar de cerca de 25% de todas as espécies de plantas e animais que existem na Terra. Plantas que nem sequer saberemos que existem antes que desapareçam.

Sequer saberemos se ali residia a cura definitiva para o mal de Alzheimer, para os diversos tipos de câncer ou para a Covid-19. Não conheceremos animais que poderiam nos ajudar a conviver com a hipertensão ou com o diabetes. Vale sempre lembrar que a aspirina veio da casca do salgueiro, uma árvore presente em praticamente todo o hemisfério norte e que o veneno da jararaca, uma serpente brasileira, é a origem do remédio mais usado no mundo contra pressão alta.

Além disso, ainda hoje, na parte brasileira da Amazônia estão presentes mais de 200 povos indígenas que falam mais de uma centena de línguas. Esses povos possuem conhecimentos sobre a floresta que podem ajudar a identificar novos medicamentos, mas também são os primeiros a perceberem os efeitos da crise climática. A floresta, agora, não é mais apenas comida pelas bordas, ela é comida por dentro pela mudança do clima, combinada com o desmatamento: incêndios acontecem onde jamais foram vistos, processos ecológicos ficam descompassados e os sinais que a natureza dava desapareceram. Cigarras não cantam anunciando a chuva, insetos polinizadores não aparecem na hora que as flores estão esperando por eles, e a floresta queima escandalosamente...

Como as chuvas nas regiões sudeste e centro-oeste do Brasil dependem da umidade amazônica, não apenas povos indígenas ficarão sem ter o que comer. Nossa alimentação, garantida pelos agricultores familiares, pode colapsar e o resultado não será um paraíso pós-floresta, e, sim, um mundo mais pobre, mais faminto, menos diverso e significativamente mais quente.

Cruzando os dados e... cruzando os dedos

Sabe aquela história de que as luzes que vemos no céu hoje talvez sejam de estrelas que já morreram? Com o fogo na floresta, acontece algo similar: as queimadas que vemos hoje são da floresta que já morreu...

A Amazônia é uma floresta tropical úmida. Isso quer dizer que além de ser uma floresta, além de estar nos trópicos, ela é uma floresta cheia de umidade. Por mais que haja um enorme arsenal teórico de combustível nessa floresta, incêndios naturais ali são raríssimos. Quem já tentou acender uma fogueira com lenha molhada tem uma dimensão da dificuldade que é colocar fogo em madeira úmida.

O cruzamento de dados sobre o desmatamento na Amazônia mostra que, em geral, as queimadas acontecem em áreas recém-desmatadas. A dinâmica do desmatamento segue uma sequência de três etapas. Na primeira, as grandes árvores, com maior valor comercial, são abatidas e retiradas da área. A segunda, é a passagem do correntão, uma técnica que consiste em amarrar correntes em dois tratores e passar destruindo a vegetação mais baixa. Por fim, a terceira etapa é a queimada. Depois de deixar a vegetação derrubada secando por algumas semanas, o fogo é ateado.

E o que acontece depois? O fogo na floresta encerra o processo de desmatamento, mas é o início de outros processos perversos:

a ocupação e grilagem de terras públicas e a destinação de áreas privadas que deveriam manter florestas para outros fins. O primeiro desses processos é especialmente atroz para todos os brasileiros pois as terras públicas são nossas. São terras ainda sem destinação ou áreas protegidas, como Terras Indígenas, Parques Nacionais e outras unidades de conservação. Os grileiros ocupam essas áreas e esperam que o poder público, em algum momento, regularize sua situação. E por mais absurdo que possa parecer, muitas vezes isso, de fato, acontece.

O segundo processo, onde se destina áreas privadas que deviam ser conservadas para outras finalidades, é a consequência direta do desmatamento ilegal. No Brasil, cada propriedade rural deve manter uma parte de sua vegetação natural. A ideia é que possamos, como país, preservar uma parte relevante da nossa vegetação e assim garantir os benefícios que isso traz a todos nós, como a qualidade e a disponibilidade de água, o controle de doenças humanas, a fertilidade dos solos, a polinização, a regulação do clima, a qualidade atmosférica, o controle de pragas agrícolas, entre muitos outros. Apesar de se dar em terras privadas, os prejudicados somos nós. Os proprietários que ocupam uma parcela maior do que deveriam de suas terras, lucram com isso e transferem o ônus para todo o povo brasileiro.

Na Amazônia, mais de 90% do desmatamento é ilegal: se dá em terras públicas ou em áreas privadas que deveriam ser conservadas. Muitas dessas áreas se transformam em pastagens de baixa produtividade ou em campos agrícolas majoritariamente produzindo soja. A ironia, porém, é que seria possível obter uma produção muito maior explorando os produtos da floresta de maneira sustentável. Por exemplo, o valor da produção agrícola da região Norte do país em 2017, segundo o IBGE, foi de 22,6 bilhões de reais, a soja foi responsável por 21,7% e o açaí, por 24,5%. A soja é exportada para alimentar o gado de outros países, criando um ciclo de destruição: desmatamento, plantio de grandes monoculturas que degradam solos e gastam água excessivamente e conversão em alimento para o gado que, por sua vez, será consumido por população cada vez mais obesa e menos saudável.

Em contrapartida, o açaí e os outros produtos da floresta, como a castanha-do-Pará e o babaçu, mantém a floresta em pé, são muito mais sustentáveis, carregam consigo um pouco do Brasil para todos os lugares do mundo para onde vão e podem criar uma nova economia na Amazônia.

Assim, para além de cruzarmos os dados e nos darmos conta de quão perversos e prejudiciais são os processos de desmatamento, queimadas e ocupação das terras na Amazônia, temos que cruzar os dedos para que estratégias de defesa da Amazônia sejam implementadas. Como se trata de um patrimônio nosso, de todo o povo brasileiro, e os prejuízos de ficar sem a floresta também são nossos, vale a pena fazer pressão enquanto cruzamos os dedos...

Reluz?
É ouro?
Mas nem
assim é bom...

Não há dúvida que a ideia de encontrar pepitas de ouro que transformam o indivíduo da noite para o dia em um milionário exerce uma enorme atração sobre milhares de pessoas. Em um cenário de crise econômica, essa tentação cresce e o resultado é visível na ampla distribuição do garimpo na Amazônia. Mas garimpar de sol a sol, procurando ouro, não é um trabalho fácil, e já foi o tempo em que havia garimpeiros solitários trabalhando por conta própria...

O garimpo na Amazônia hoje é uma indústria que opera majoritariamente de forma ilegal: explora os garimpeiros e exporta e comercializa ouro de forma ilícita. Por exemplo, em junho de 2019, o ouro foi o segundo produto mais exportado por Roraima, mas o curioso é que não havia nenhuma mina de ouro operando legalmente nesse estado. Além disso, não há nenhuma responsabilidade nem pela integridade física dos garimpeiros e da população local, nem pelo enorme dano ambiental causado pela exploração de ouro.

Esse prejuízo ambiental fica para a sociedade brasileira: enquanto alguns poucos enriquecem, o preço é pago por todos nós. Um exame dos diversos danos gerados pela extração ilegal de ouro na região mostra que o prejuízo ambiental derivado dessa atividade pode atingir 3 milhões de reais por quilograma de ouro extraído. Cenários desoladores, resultantes da mineração, são encontrados em diversos lugares da Amazônia. Áreas abertas, como grandes chagas na floresta e nos solos. Desastres como Mariana e Brumadinho, ambos no estado de Minas Gerais, dão uma ideia dos riscos e impactos da mineração.

Ainda assim, a mineração avança. Um levantamento feito por organizações da Bolívia, Brasil, Colômbia, Equador, Peru e Venezuela confirmou a existência, em 2018, de pelo menos 2.312 pontos e 245 áreas ilegais de garimpo ou extração de minerais, como ouro, diamantes e coltan. Coltan é o nome dado a mistura de dois minerais: columbita e tantalita. Da columbita se extrai o nióbio, e, da tantalita, o tântalo, minerais envolvidos na fabricação de aparelhos eletrônicos. Além disso, foram mapeados trinta rios afetados pela mineração ou rotas para a entrada de máquinas, insumos e a saída de minerais. No Brasil, foram identificados 321 pontos e 132 áreas de extração, principalmente na região do rio Tapajós, no estado do Pará.

Mas há muito mais... A purificação do ouro, parte de seu processo de extração, usa mercúrio, cujos resíduos contaminam a água e o ar. Para o azar dos animais e das populações humanas da Amazônia, o mercúrio tem uma característica conhecida como bioacumulação. Isso quer dizer que ele se acumula ao longo da cadeia alimentar nos tecidos dos animais. Assim, um peixe que se alimenta de peixinhos, será contaminado, mas uma pessoa que come esse peixe será muito mais afetada. As consequências são graves e os impactos se revelam sobre o sistema nervoso central, causando problemas motores, cognitivos e de visão, bem como doenças cardíacas e outras deficiências. Várias populações indígenas e ribeirinhas já mostram níveis de contaminação alarmantes, como por exemplo os Yanomami da região de Waikás, em Roraima.

O garimpo ilegal também alimenta uma espiral de violência que só tende a crescer, pois a mineração é uma atividade finita. Ou seja, quem não extrair seu minério hoje pode ficar sem nada amanhã. Isso alimenta um vale-tudo que já deixou um rastro de mortos em todos os lugares do mundo, e também na Amazônia. O mais famoso dos casos talvez seja o massacre de Haximu, ocorrido em 1993, quando garimpeiros invadiram uma aldeia Yanomami e assassinaram a tiros e golpes de facão dezesseis indígenas, entre eles idosos, mulheres e crianças.

A fama do massacre de Haximu, porém, já começa a empalidecer diante das constantes ameaças aos Yanomami dentro de suas terras, por parte de garimpeiros ilegais, que têm transformado a floresta em cenário de medo e terror. Em maio de 2021, em Palimiú, uma comunidade às margens do rio Uraricoera, dentro da Terra Indígena Yanomami, sete barcos com garimpeiros armados atiraram contra os indígenas, causando mortes, ferimentos, fugas e pânico. O episódio foi seguido de outros ataques e constantes ameaças por parte dos garimpeiros. Apesar da divulgação do episódio, das mortes e da evidente ilegalidade da presença e da ação dos garimpeiros, não houve mudanças e a Terra Indígena Yanomami segue com mais de 20 mil garimpeiros ameaçando os indígenas e extraíndo ouro ilegalmente, o que não traz riqueza para o país, mas garante muita violência.

Recentemente, reportagens mostraram que as empresas de tecnologia, como Apple, Microsoft, Google e Amazon, têm comprado ouro de refinarias que comercializam esse metal extraído ilegalmente de terras indígenas no Brasil para colocar em seus produtos. Computadores, celulares e outros equipamentos tecnológicos carregam dentro de si a destruição dos povos da floresta e da própria floresta. Ou seja, cada vez é mais difícil não ter as mãos ensanguentadas com o sangue dos povos indígenas e de outras comunidades que vivem na Amazônia...

Não é apenas o ouro que alimenta essa espiral. Estima-se que a extração de coltan, nas florestas do Congo, na África, já tenha deixado uma herança de mais de quatro milhões de mortos. A trilha de mortos derivada da extração de diamantes na África é também contada em milhoes de pessoas.

Apostar numa riqueza concentrada nas mãos de tão poucos, com prejuízos tão disseminados, ao invés da exploração racional dos recursos renováveis de uma floresta como a Amazônia, é uma estratégia suicida. Os minérios a serem explorados se extinguirão e sobrarão crateras gigantescas, pessoas contaminadas e doentes, poucos ricos e uma região depauperada. Se a aposta for mais estratégica, a floresta pode gerar riqueza de forma mais distribuída e equitativa, com menos impactos, mesmo que haja, paralelamente, de forma controlada e organizada, alguma exploração mineral. E de bônus ganhamos menos uns graus de temperatura nos nossos termômetros...

Da escassez de imaginação à abundância de história

Por muito tempo, os povos da Amazônia foram descritos como sem história. A dificuldade de perceber os abundantes artefatos arqueológicos presentes em diversas localidades da floresta, combinada ao colonialismo e ao preconceito, conduziu a uma narrativa de que aos povos originários da floresta tropical faltava agricultura, organização, estado e história. Uma sequência lógica da clássica frase de Pero de Magalhães Gândavo, ainda no século 16, sobre os Tupinambá: "sem fé, sem lei, sem rei".

Os relatos dos séculos 18 e 19 falam em esparsos e raros sinais de ocupação humana na Amazônia. Cenário condizente com esses povos a que tudo faltava. Porém, os poucos relatos dos dois séculos anteriores, 16 e 17, dão conta de grandes assentamentos, com milhares de pessoas, localizados às margens do Amazonas e de seus principais afluentes. Não há dúvida que as sociedades indígenas se desorganizaram radicalmente com a invasão europeia. Milhares – senão milhões – de indivíduos pereceram, vítimas das doenças que portugueses e espanhóis trouxeram ao continente sul-americano, para as quais os povos indígenas não possuíam imunidade. Além disso, as guerras também eliminaram importantes contingentes da população originária. Esses dois fatores combinados podem explicar as diferenças dos relatos entre os primeiros séculos da colonização e os séculos 18 e 19.

O que não explicam é a facilidade com que esses primeiros relatos foram descartados e os povos que aqui estavam, taxados de primitivos pré-históricos.

Como em muitas regiões da Amazônia há pouca disponibilidade de pedras, a maioria das estruturas construídas pelos povos indígenas era feita do próprio solo. Sendo os remanescentes dessas estruturas de difícil identificação, e como a interpretação dos cacos de cerâmica não caracterizava a Amazônia como um local de inovação cultural no passado, até a metade do século 20 essa visão de povos sem história persistiu. Uma narrativa de que o ambiente amazônico não permitia grandes assentamentos sedentários também se consolidou ao longo do tempo e os relatos dos séculos 16 e 17 passaram a ser considerados exagerados e pouco verossímeis.

A emergência da arqueologia amazônica, que levou a uma grande revisão dessas narrativas sedimentadas, veio com o aumento das pesquisas derivado da interiorização das universidades, do crescimento da pluralidade dos estudantes e da ampliação do interesse pela arqueologia. A quantidade de dados que surgiu dessas pesquisas aproximou as novas interpretações do passado amazônico aos relatos dos séculos 16 e 17. Diante da profusão de histórias que a arqueologia conta sobre os séculos que precederam a chegada dos europeus, não é mais possível negar aos povos originários cultura, conhecimentos, técnicas e um passado histórico.

Ficou em xeque também a visão de que a floresta era virgem, intocada, apenas uma obra da natureza. Hoje, não há dúvida de que a Amazônia que vemos – nas suas porções distantes das motosserras, dragas e tratores – é uma amálgama das espécies de animais, plantas e microorganismos e o uso constante que os povos originários fizeram delas por cerca de 12 mil anos.

A distribuição de espécies vegetais manejadas pelos povos indígenas, como, por exemplo, as castanheiras, ajudou a fornecer indícios que conduziram à identificação dos primeiros sítios arqueológicos. Essas árvores de grande porte, com poucos dispersores de sementes para além dos humanos, estão frequentemente presentes nas cercanias dos sítios arqueológicos, em uma disposição derivada de um manejo indígena no passado.

Ao olhar para a Amazônia por entre as lentes desse novo cristal, que deplora o preconceito, e abre os olhos para a riqueza e a pluralidade de culturas e modos de vida dos povos originários, foi possível identificar inúmeras espécies vegetais de uso e manejo dos indígenas, muitas delas domesticadas ou semidomesticadas – ainda que possivelmente as relações entre os indígenas e as plantas tenham outro caráter que não combina, nem cabe no termo "domesticação". Derivou-se daí também a profusão de sítios arqueológicos recentemente identificados, a maioria deles com solos modificados, solos formados pela ocupação passada dessas áreas, as terras pretas de índio.

Conhecer e reconhecer o passado desse território, antes do Brasil ser Brasil, traz grandes implicações, não apenas na construção da nossa identidade, mas também nas projeções que podemos fazer para o nosso futuro. As diversas formas de organização social, os modos de vida, o conhecimento sobre a floresta, entre muitas outras características desse passado poderiam nos dar instrumentos e ideias para o futuro da Amazônia.

A compreensão da Amazônia como uma floresta cultural nos obriga a repensar seus modelos de ocupação e de proteção. Povos indígenas e outros povos e comunidades que vivem na floresta são os principais sujeitos para pensar como deve ser o devir desse bioma. Extrativistas, ribeirinhos, pescadores, quebradeiras de coco, marisqueiras e muitos outros possuem hoje um modo de vida que bebeu diretamente na cultura indígena. Comunidades quilombolas também desenvolveram formas de lidar com a floresta. Não há futuro, digno desse nome, na Amazônia, sem que ele seja construído coletivamente com esses povos e comunidades.

A emergência dos novos dados sobre os povos que habitavam a floresta antes da invasão europeia criou uma brecha na visão colonial que continua pregando que os indígenas são atrasados e precisam ser integrados à nossa sociedade. Nessa brecha deveriam brotar os caminhos para o fim do colonialismo, e nela deveria também florescer a imaginação, para que possamos nos haver com nosso passado e cultivar um futuro plural.

Copiar para conservar

860 volts! É bastante... E o choque não deve ser nada agradável. Não é uma tomada, nem um fio desencapado, é a descarga da espécie de peixe elétrico descoberta recentemente na Amazônia. Esse poraquê – assim são chamados os peixes elétricos da Amazônia – é o animal conhecido na natureza que produz a mais forte descarga elétrica. Os poraquês, dizem por aí, foram os animais que inspiraram a criação da primeira bateria elétrica por Alexandro Volta, em 1799, e a nova espécie, descoberta agora, foi chamada de *Electrophorus voltai* em homenagem a ele.

"Na natureza nada se cria, nada se perde, tudo se transforma". Essa é a famosa frase de Lavoisier sobre a conservação das massas. Ele, que era um químico francês, disse isso em 1785 para mostrar que quando as substâncias reagem, nada se perde, tudo é transformado em alguma outra coisa, mas os elementos, os átomos, continuam ali.

Quase tão famosa quanto essa frase de Lavoisier é sua adaptação popular: nada se cria, tudo se copia. Há quem acredite que essa é a frase dos preguiçosos, mas na verdade, ao contrário, essa ideia pode dar origem a muito trabalho. A maior fonte de inspiração da tecnologia vem exatamente daí: de copiar a natureza. O velcro, por exemplo, nasceu de um passeio pelos campos. Seu inventor, Georges de Mestral, reparou que algumas sementes ficavam grudadas em suas roupas e resolveu copiar o sistema de adesão das sementes, criando o velcro, em meados do século 20.

Os exemplos abundam: roupas de mergulho inspiradas em lontras e castores, turbinas eólicas melhoradas com base no desenho das barbatanas das baleias jubartes, lâmpadas de LED mais brilhantes usando uma técnica similar à dos vagalumes, telas que imitam a forma pela qual as asas das borboletas refletem as cores, trens-bala mais silenciosos, inspirados no martim-pescador, entre muitos outros. A observação da natureza pode dar muitas ideias... E gerar muito trabalho.

Na Amazônia, com sua enorme diversidade de plantas, animais e microorganismos, as "imitações" ou inspirações que geram produtos tecnológicos estão apenas começando. Exemplos recentes mostram o enorme potencial que a floresta tem. E é aí que o peixe elétrico entra na história mais uma vez. O aprendizado com os sistemas de geração de eletricidade desses peixes tem sido usado para ajudar no tratamento de pessoas com Alzheimer, e mais, podem servir de inspiração para baterias que alimentam próteses humanas.

A inspiração também pode vir de observar uma característica de um produto da floresta e imaginar como ele pode ser usado para outras finalidades. O caso do açaí é emblemático: todo mundo que já comeu açaí sabe que ele mancha a língua e os dentes. Bom, mas se ele deixa boca e mãos manchadas, deve funcionar bem como corante em outros tecidos humanos. Foi isso que pensaram os pesquisadores da Escola Paulista de Medicina quando resolveram testar o açaí e vários outros pigmentos utilizados pelos indígenas para pintura corporal como corante para cirurgias oftalmológicas. O açaí se revelou o melhor e, usando a antocianina, substância encontrada nesse fruto, os pesquisadores desenvolveram um corante que é mais barato e mais seguro para cirurgias de retina.

Assim aconteceu também com o jambu, uma planta da Amazônia muito utilizada na culinária regional. Quem já comeu jambu conhece aquela sensação mista de formigamento com dormência que a planta produz na boca. Se é assim, porque não desenvolver um anestésico bucal à base de jambu? Dito e feito: o produto deve entrar logo no mercado.

A possibilidade de geração de inovação a partir da biodiversidade, do patrimônio genético e dos conhecimentos tradicionais, se levada a sério, com investimentos, criatividade, respeito e inclusão social, poderia transformar todo o Brasil, e especialmente a Amazônia. Uma nova forma de lidar com a floresta e sua sociobiodiversidade. Já há uma explosão de uso de vários componentes do nosso patrimônio genético em produtos cosméticos; grandes empresas usam ativos da nossa biodiversidade em seus produtos, mas também pequenas associações comunitárias desenvolvem produtos cosméticos a partir de plantas da floresta. Na indústria farmacêutica, na de produtos de limpeza, na química fina, em todos esses campos há potencial.

Soluções derivadas de milhões de anos de evolução podem inspirar novos produtos e alternativas tecnológicas. A biomimética, campo que aposta nessa inspiração, poderia revolucionar a Amazônia. Para haver inspiração, porém, tem que haver natureza. No ritmo de destruição e na aceleração desse ritmo, que parece se avizinhar, o futuro pode acabar antes de começar.

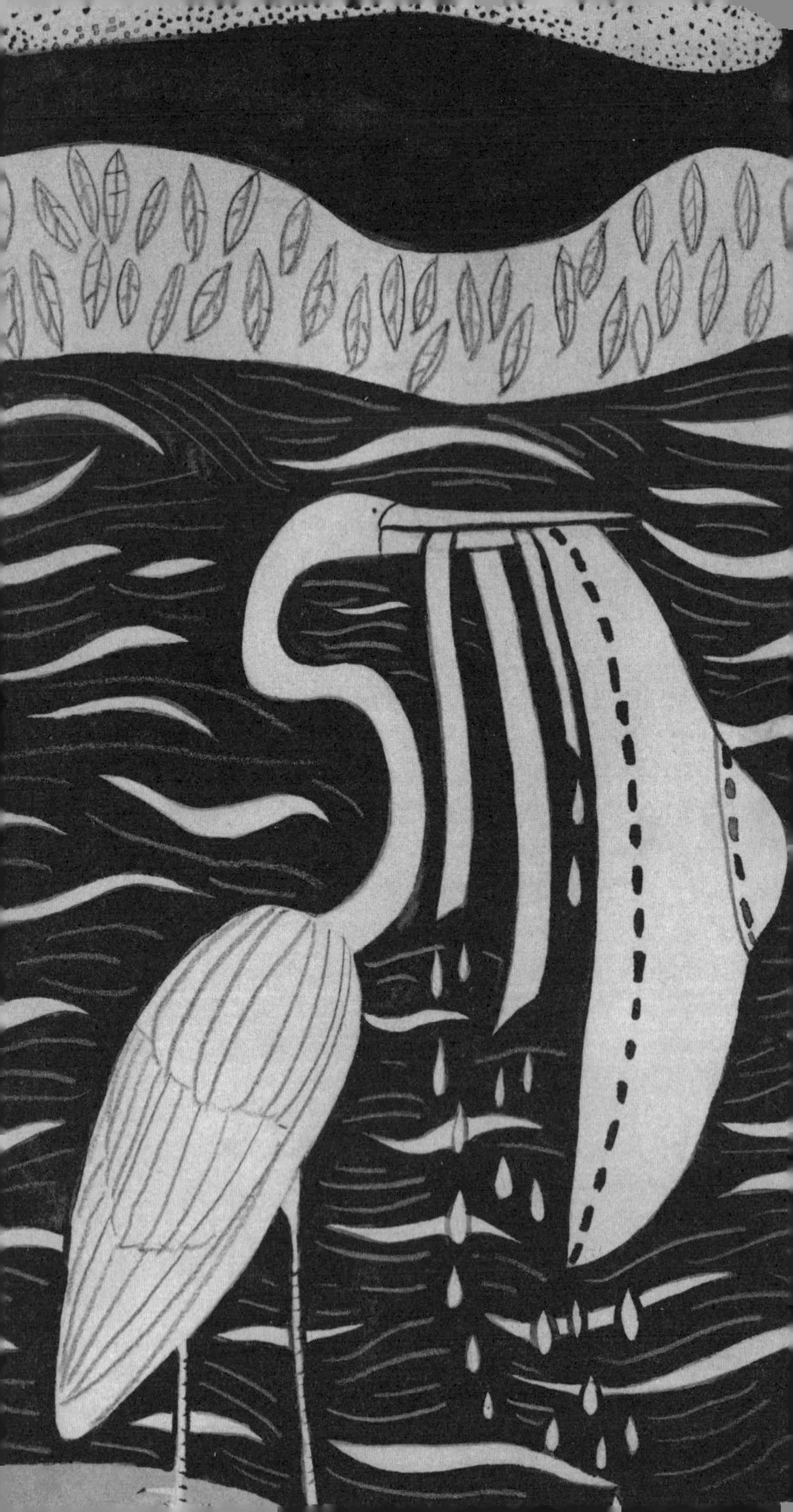

Para além da sucata

Arrancar uma porção do território da sanha predatória da nossa espécie é um enorme desafio. Um dos motivos é que a voracidade é enorme e o apetite da humanidade por novas terras e por mais recursos naturais é infinita. Outro motivo é que viver com biodiversidade, respirar junto com uma profusão de espécies e poder esticar o olhar até onde a vista alcança é algo subversivo. Ou seja, é subversivo mostrar que outra forma de viver é possível.

Mostrar que é possível conservar paisagens, apostar nos produtos da floresta, entender os manguezais, restaurar os ecossistemas, insistir nas árvores, sentir o vento, ver o reflexo do céu nos rios e nos mares, tudo isso coloca em xeque a nossa sociedade e suas escolhas.

A realidade de muitas áreas protegidas da Amazônia dá a dimensão da diversidade de possibilidades de formas de viver. Em Terras Indígenas, Reservas Extrativistas e Reservas de Desenvolvimento Sustentável, há gente vivendo no ritmo da floresta, por gosto e por escolha.

Quando a produção da Terra do Meio se organiza e ganha escala, fica claro que é possível viver na floresta, gerar produtos de valor, atrair empresas, desenvolver novos produtos com elas; enfim, criar alternativas. A Terra do Meio é uma área no Pará que engloba as reservas extrativistas do Riozinho do Anfrísio, a do rio Iriri e a do Xingu, e as Terras Indígenas dos povos Arara, Xipaya e Curuaya. Ali, surgiu um novo elemento da economia da floresta: a rede de cantinas. Hoje já são 22 cantinas que funcionam como entrepostos comerciais.

A ideia da cantina revisitou um modelo do século passado, os barracões dos patrões, onde os seringueiros deixavam sua produção, mal paga, e pegavam produtos de sua necessidade, a preços mais que abusivos. Nas cantinas da Terra do Meio, as coisas são diferentes: quem manda é a comunidade, por meio de um cantineiro escolhido por ela. A produção tem preço justo e os produtos a serem adquiridos também. Além disso, existe uma preocupação em substituir produtos industrializados oriundos da cidade por outros, ali da floresta mesmo. Um exemplo é trocar a farinha de trigo pela farinha de babaçu.

Nessa região do estado do Pará, onde a regra é grilar e desmatar, ao sul de Altamira e de uma das sucursais do inferno, a hidrelétrica de Belo Monte, a rede de cantinas mostra que outro mundo é, de fato, possível. Um mundo onde representantes de grandes empresas brasileiras andam dois dias de voadeira para chegar a uma Terra Indígena, sentam horas em bancos de madeira desconfortáveis, dormem em redes improvisadas, tudo isso para olhar nos olhos de ribeirinhos, beiradeiros, extrativistas e indígenas e discutir o preço dos produtos da floresta. Como se não bastasse isso, saem gratificados, levam seus profissionais para um intercâmbio de conhecimentos nas aldeias e comunidades da Terra do Meio e voltam em toda ocasião que podem.

Quando as mulheres Kayapó, do coração do estado do Pará, revelam ao mundo sua beleza, expressa na pintura corporal, nos adornos de miçangas e em seus cortes de cabelo, mostram que não há limites para o belo. Que ele não cabe nos padrões restritos da nossa sociedade, nem se confina a cidades e produtos de beleza industrializados.

Quando a maior área contínua de manguezais do mundo é em grande parte protegida por pescadores, catadores de caranguejos e marisqueiras, comprometidos com a manutenção desse ambiente, ganhamos todos. Os manguezais mantêm as linhas costeiras, moderam eventos extremos, funcionam como berçários de peixes e outros animais marinhos e têm relevância global no balanço de carbono. Ali foram estabelecidas diversas reservas extrativistas, como Soure e Caeté-Taperaçu, São João da Ponta e Mãe Grande de Curuçá, mas a proteção dos manguezais do Salgado Paraense já vem de antes, por parte de uma gente que possui compreensão do tempo ecológico dos manguezais e de suas criaturas, e vive numa outra lógica. As reservas extrativistas, nascidas das experiências de Chico Mendes e de diversos outros seringueiros nas florestas do Acre, sacramentaram essa forma alternativa de viver e deram às comunidades do Salgado Paraense um horizonte de possibilidades.

Quando os índios da Terra Indígena Médio Rio Negro 2, no estado do Amazonas, decidem por um programa de turismo comunitário, nas Serras Guerreiras de Tapuruquara, eles apresentam ao mundo outra forma de viver, outra relação com o tempo, com a floresta, com o rio e com o trabalho.

Terras indígenas são a possibilidade de dar espaço de existência para os mais de 300 povos indígenas que vivem no Brasil. Oportunidade de conviver com outros modos de vida, outras formas de conhecimento, uma janela para fora da hegemonia da nossa sociedade do desperdício e do consumo.

Reservas extrativistas e reservas de desenvolvimento sustentável ajudam a manter elementos culturais locais, formas únicas de viver, moldadas pelo convívio das comunidades rurais com a rica diversidade biológica brasileira. Mais uma vez, trata-se de um vislumbre de outras possibilidades de vida. Essas unidades de conservação trazem em seu âmago uma semente tão revolucionária, que ameaçam o sistema vigente, colocam em xeque os escusos interesses locais e ajudam a enxergar um céu de possibilidades entre as árvores da mata...

Enquanto essas alternativas são desprezadas, o ronco das motosserras se faz ouvir de todos os cantos da mata e o fogo arde, queimando a mais exuberante floresta do planeta, vale lembrar das lições de dois indivíduos especialmente lúcidos. Um é José Lutzenberger, que dizia que uma sociedade que precisa reservar áreas para proteger a natureza de si mesma, não pode estar certa. Outro é Manoel de Barros, poeta do Pantanal, que dizia que "tudo que o homem fabrica vira sucata: bicicleta, avião, automóvel. Só o que não vira sucata é ave, árvore, rã, pedra. Até nave espacial vira sucata. Agora eu penso uma garça branca de brejo ser mais linda que uma nave espacial. Peço desculpas por cometer essa verdade."

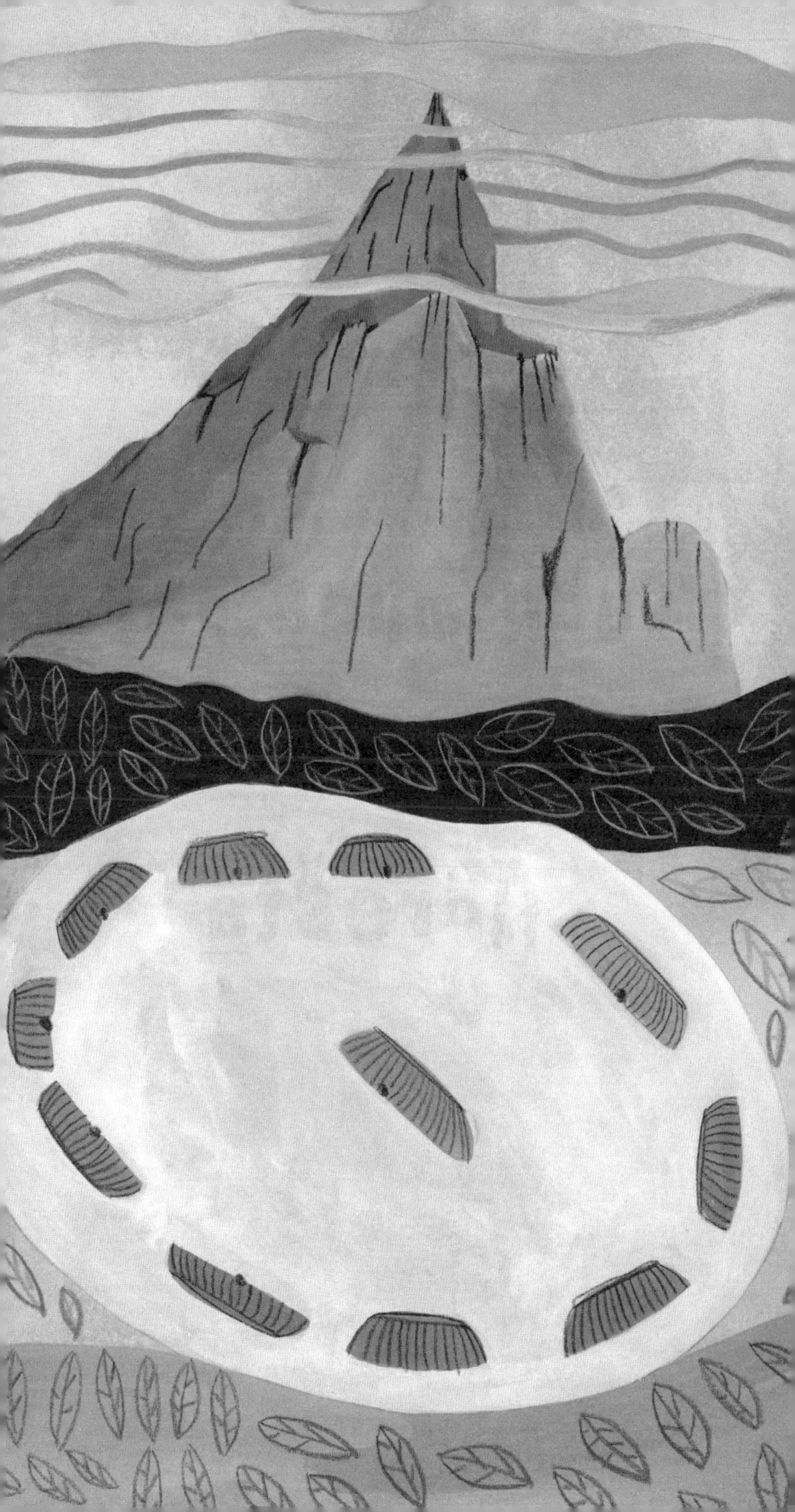

Tudo muda para permanecer floresta

Floresta, árvores, natureza... Essas são as primeiras palavras que vêm à cabeça de quem nunca foi à Amazônia e quer descrever a região. Não há dúvida de que há milhões de árvores e muita floresta. Bom, não sabemos bem até quando, mas enfim... O que quem não conhece a Amazônia não imagina, porém, é a quantidade de água que existe por lá. Os rios facilmente têm quilômetros de largura e centenas de afluentes conhecidos apenas pelos que vivem ali. A cheia e a seca produzem uma dinâmica única; na estação das chuvas, com a subida dos rios, partes da floresta são inundadas durante alguns meses e muitos lagos são formados para desaparecerem completamente quando a seca chega.

Tudo muda o tempo todo na floresta. Muda porque as estações se alternam, mas muda também porque as paisagens são múltiplas. Chamamos tudo de floresta amazônica, mas há muitos ecossistemas diferentes, tanto na terra como nos rios. A Amazônia é a terra dos mosaicos; a floresta é um mosaico de paisagens diferentes, e os rios, mosaicos de cores distintas. Há rios de águas claras, como o Tapajós e o Xingu, onde a água é tão cristalina que em alguns lugares se enxerga o fundo, mesmo a metros de profundidade. Há rios chamados de água branca, onde na verdade a cor da água é marrom, como se a água fosse barrenta, como o Solimões e o Madeira. São rios que carregam consigo sedimentos dos lugares onde nascem. E há os rios de águas pretas, como o rio Negro, onde a água é escura. Em alguns lugares há encontros de águas de cores diferentes que brigam para manter sua identidade, dando a impressão de que dois rios correm paralelamente juntos, mas sem se misturar. Quem já viu, sabe, é impressionante. O mais famoso encontro das águas é a junção do rio Negro com o Solimões para formar o rio Amazonas; por sete quilômetros os rios correm juntos, a água preta do Negro e a água barrenta do Solimões, lado a lado, até que o Negro parece desaparecer e o Amazonas segue, um rio de águas brancas.

Se ao invés de seguirmos o Amazonas, rio abaixo, subirmos o rio Negro, em direção às suas nascentes na Colômbia, encontraremos seus grandes arquipélagos fluviais. Primeiro, Anavilhanas, que por muito tempo se acreditou que fosse o maior arquipélago fluvial do mundo, com suas quatrocentas ilhas. Se não nos perdermos indefinidamente nesse labirinto natural e conseguirmos seguir rio acima, aí sim, chegaremos ao que se acredita ser o maior arquipélago fluvial do mundo, o Mariuá, com suas mil e quatrocentas ilhas.

Mariuá é a mistura dos mosaicos: paisagens e águas se combinam, produzindo um labirinto gigantesco. Ilhas que aparecem e desaparecem, dependendo da estação do ano, desafiando aqueles que querem mapear o mundo. Caminhos aprendidos na cheia não funcionam na seca. Quem se localiza na seca se perde na cheia. Para se guiar nesse labirinto, é preciso conhecer seus segredos, e isso quem sabe fazer são os povos da Amazônia, que respiram os ritmos da floresta e entendem suas nuances. São os mestres dos mosaicos e dos labirintos. Senhores da mudança e da permanência.

Como se rios e florestas fossem pouco, a Amazônia esbanja exuberância. É ali que se encontram também incríveis montanhas que desafiam as concepções usuais sobre a floresta. Por exemplo, floresta tropical, na região da linha do Equador, não é lugar para passar frio... ou é? Vale lembrar que o ponto mais alto do país, o Pico da Neblina com 2.995 metros de altura, está no estado do Amazonas, mais precisamente na Terra Indígena Yanomami. Para esse povo indígena, o pico, que se chama Yaripo, "montanha dos ventos", em yanomami, pode virar um aliado no combate ao garimpo e às outras atividades ilegais na região. A partir do começo de 2022, os Yanomami passaram a levar turistas para o cume do Yaripo, atividade que, se gerida por eles, pode trazer alternativas à atração que por vezes o garimpo exerce sobre a juventude indígena, assim como fortalecer suas organizações e a gestão de seu território.

Subir o Pico da Neblina, porém, não é atividade fácil. Os nomes da montanha, em português e em yanomami, já dão uma dimensão das dificuldades: neblina e vento. Mas há a umidade e o frio também. As temperaturas podem descer até quase zero grau e tudo fica úmido continuamente, em um labirinto de florestas, igarapés, neblina e chuva. Tudo se transforma, entretanto, em algo possível por conta dos guias Yanomami, que conhecem intimamente o caminho, e a estrutura de ajudantes para carregar os equipamentos, cozinheiras e pilotos de barco.

Outra montanha extraordinária é o Monte Roraima: um platô de 55 km², a 2,8 mil metros de altura, cercado de florestas, rochas escavadas, cachoeiras, imerso nas nuvens. Um lugar descrito por muitos como mágico, mítico, fora do mundo, mas para a grande maioria dos que visitam esse tepui, qualquer descrição é impossível. É nesse lugar que expressões como boquiaberto, de queixo caído ou sem palavras se fazem literais.

Tepui significa casa dos deuses, na língua dos Pemon, povo indígena dessa região, e é o termo usado para designar montanhas em forma de meseta muito antigas, datando de até dois bilhões de anos. Os tepui são característicos dessa região, o Planalto das Guianas, e o mais famoso deles é o Monte Roraima, marcando o encontro entre o Brasil, a Venezuela e a Guiana. Por séculos, só os Pemon subiram ao Monte Roraima e aos outros tepuis da região. No século 19, porém, o Monte atraiu exploradores europeus que escalaram a montanha pela primeira vez em 1884. Até hoje a subida é árdua e só é possível pelo lado venezuelano, pois do lado brasileiro, o Monte Roraima nos brinda com um paredão de mil metros de altura. Mas ainda assim, são muitos os que aceitam o desafio, atravessam paisagens impressionantes, para emergir entre as nuvens, no que é o mais extenso cume de montanha do planeta.

O Monte Roraima está protegido por parques nacionais e terras indígenas, nos três países da fronteira tríplice. No Brasil, localizado, como bem diz o seu nome, no estado de Roraima, o Monte é protegido pelo parque nacional que leva seu nome e pela Terra Indígena Raposa Serra do Sol, onde vivem diversos povos, como os Ingarikó, Macuxi, Taurepang e Wapichana.

Esse incrível tepui foi formado pela sedimentação de areia do mar e foram os ventos e as chuvas que ali agiram por cerca de dois bilhões de anos que deram ao Monte Roraima seu formato de mesa. Nas cercanias dele, há mais outras seis montanhas semelhantes. Essa paisagem é muito antiga e data da época quando a América do Sul e a África estavam juntas. Ali a floresta se destaca em meio a uma área de savana, o chamado Lavrado, e sua presença é explicada pela origem do Monte Roraima, contada pelo povo indígena Pemon. Segundo essa história, Makunaíma, ao saber que seu irmão tinha descoberto uma árvore que ia até o céu, e que dela estava se alimentando escondido, derrubou a árvore. Dessa gigantesca árvore, surgiu a floresta, no meio da savana, assim como as cachoeiras, os rios e as formações rochosas, e Makunaíma se tornou seu guardião, tarefa que desempenha até hoje.

No cume do Monte Roraima, há espécies de animais e plantas que só existem por lá. Um exemplo são algumas espécies de plantas carnívoras. Com os poucos solos que existem por ali, as plantas precisam de outras estratégias para conseguir os nutrientes necessários para seu desenvolvimento; assim, os insetos capturados cumprem esse papel. A paisagem é bem peculiar e mais de um visitante já a descreveu como alienígena. No entanto, como o Monte Roraima é a morada dos deuses, talvez seja uma paisagem mais divina do que extraterrestre.

Guias e carregadores Pemon tornam a subida ao Monte Roraima uma experiência possível; mais do que uma aventura, é uma visita à casa dos deuses. No alto de uma montanha como poucas no mundo, contemplando os dois bilhões de anos que formaram esse tepui, na presença dos guardiões dessa montanha, talvez seja possível pedir aos deuses que protejam a Amazônia de nós mesmos.

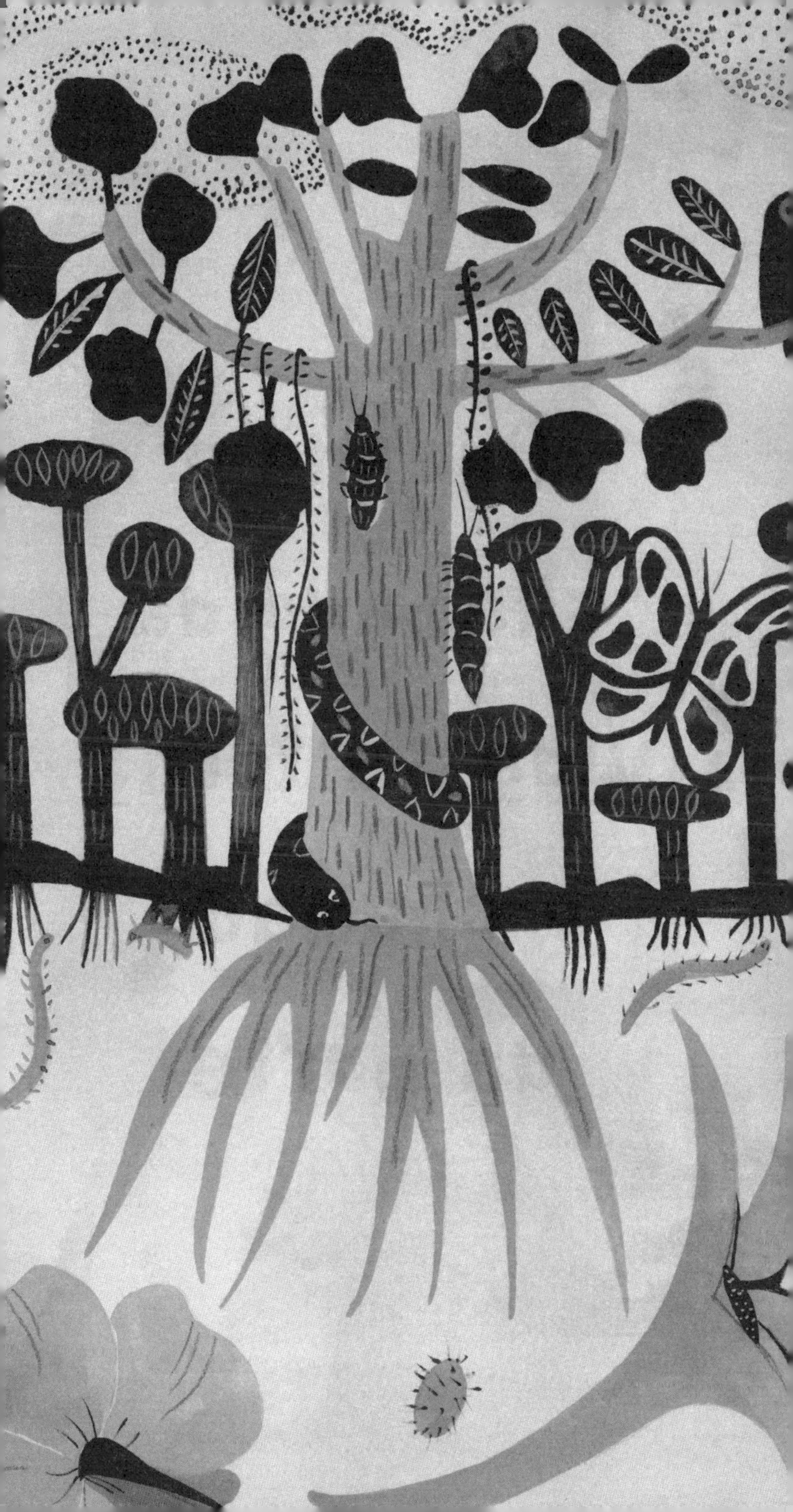

Quando o chamado da vida se torna o chamado da morte

Toda vez que chega ao fim a estação de floração dos ipês, a tristeza é geral. Essas árvores, que com sua beleza luxuriante colorem os céus de Brasília, Belo Horizonte, Rio de Janeiro, São Paulo e tantas outras cidades, deixam todos saudosos de sua chuva de flores. E também, em algum cantinho da alma, felizes de pensar que no ano que vem tem mais...

Apesar do ipê ser uma árvore presente em praticamente todo o país, não é em todos os lugares que se tem a certeza de que a sua mágica floração se repetirá no ano que vem. Isso porque o ipê na Amazônia atrai não por suas flores, mas por sua madeira. É a madeira do ipê que alcança os maiores preços no mercado, mais de dois mil dólares por metro cúbico, e é a exploração dessa espécie que viabiliza o abate de muitas outras árvores, em lugares onde não valeria a pena ir, se não houvesse ipê. Em cerca de dois terços da Amazônia compensa andar muito e gastar muito para tirar os ipês derrubados da mata diante do alto preço da madeira e da imensa demanda.

A maior parte dessa exploração é ilegal, feita em Terras Indígenas e em Unidades de Conservação da natureza. Cerca de 80% da produção de madeira do estado do Pará ocorre em áreas proibidas. O sistema de controle da exploração e do comércio de madeiras no país possui muitas brechas, através das quais o ipê abatido ilegalmente adquire uma roupagem legal e ganha os mercados, principalmente internacionais.

Além disso, as pesquisas mostram que a exploração sustentável do ipê é impossível. As tentativas de manejo florestal sustentável, ou seja, de um planejamento de quando cortar e quanto tempo esperar em cada área explorada, mostraram que seria preciso aguardar mais de 60 anos para voltar a encontrar árvores grandes numa área onde o ipê já foi derrubado. Mesmo nas áreas em que a sua exploração foi legalmente autorizada, não foram mais encontradas árvores adultas. Assim, a exploração do ipê sempre avança para novas áreas, inclusive nas Unidades de Conservação e em Terras Indígenas. O problema é que são as árvores adultas que se reproduzem e dão origem a novos ipês... Como ninguém quer esperar, o ipê está ameaçado de extinção nas florestas da Amazônia.

A ironia é que justamente a característica mais bela do ipê, aquele pompom de flores, faz com que seja muito fácil localizar a árvore no meio da floresta. Ou seja, a luxuriante floração, destinada a atrair polinizadores, como as abelhas, acaba atraindo madeireiros. O que devia ser a continuidade da vida se transforma em morte certa.

Essa lógica é semelhante àquela que circunda a violência sexual e o estupro. Ainda há, infelizmente, muita gente que acha que a responsabilidade pela violência sexual existente deve ser atribuída à vítima: suas roupas, seu comportamento. Dados mostram que ainda prevalece a ideia de que a vítima "provoca".

Com o ipê, é parecido. O fato de apresentar essa floração exuberante, permite que os madeireiros identifiquem o local onde a árvore está e dediquem-se a abatê-la. Se o ipê não tivesse essas flores tão abundantes, tão provocantes, seria difícil achá-lo no meio da floresta e derrubá-lo, mas também não seria o ipê, essa maravilha da natureza.

A maior parte do ipê explorado na Amazônia vira *deck* de piscinas, assoalho de casas, esquadrias de janelas e outros produtos. Em todos esses usos, o ipê poderia ser substituído por outros materiais. Não é que a madeira do ipê seja insubstituível; trata-se de uma escolha. Já a visão da escandalosa floração do ipê, essa sim, é insubstituível...

A exploração do ipê é um bom retrato de como as coisas têm sido feitas na Amazônia. A regra é a ilegalidade, o lucro rápido, a violência e o oportunismo. A combinação da maior floresta tropical do mundo – lar de milhares de espécies, muitas ainda desconhecidas da nossa ciência, e de centenas de povos indígenas e comunidades locais – com a grilagem de terras, a exploração madeireira abusiva e o garimpo ilegal é explosiva. O resultado é a extinção de plantas e animais, ameaças, assassinatos e muitos outros crimes. O efeito colateral é que a incrível floração do ipê, ao invés de levar à comemoração da vida, conduz a uma reflexão sombria sobre a possibilidade de morte da floresta e de seus habitantes, humanos e não humanos.

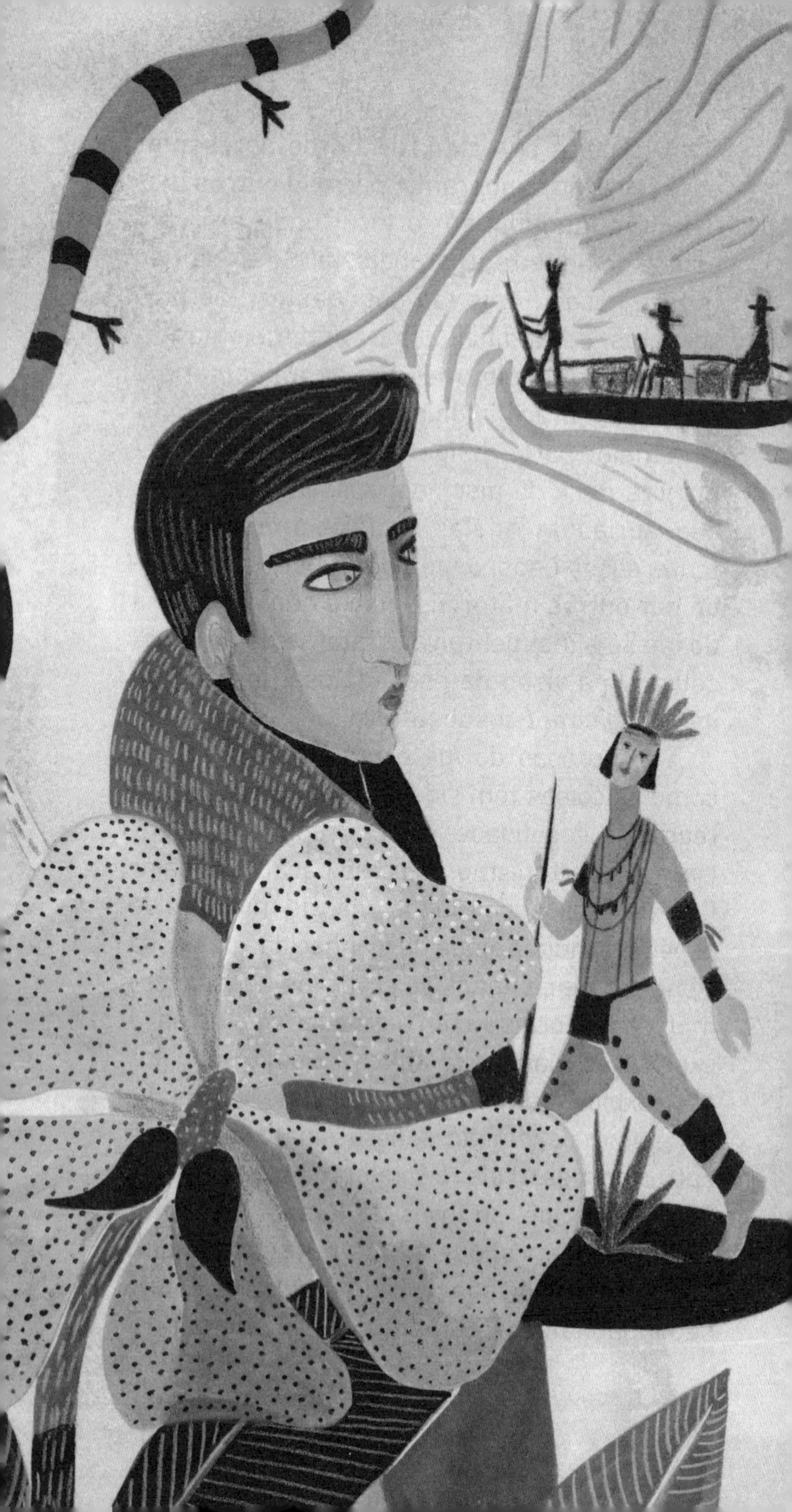

Do Tietê ao Tapajós: navegando entre a morte e a loucura

Um é atacado por uma onça, outro morre afogado quando tenta atravessar a nado o rio Guaporé, outro ainda perde a razão no rio Juruema e jamais a recupera. Um barão alemão que era diplomata russo, dois artistas franceses, um biólogo alemão, brigas constantes, desentendimentos, mil confusões, duas mil páginas de relatos manuscritos, 368 aquarelas, inúmeros artefatos indígenas e vários animais empalhados. Um acervo que ficou perdido por cerca de cem anos em um porão do Museu do Jardim Botânico de São Petersburgo. Apenas doze sobreviventes de uma viagem que começou com 39 pessoas. Esse é um resumo da Expedição Langsdorff, uma parte pouco conhecida da nossa história, daria um ótimo roteiro para um filme de aventura ou um incrível videogame.

O barão Georg Heinrich von Langsdorff nasceu na Alemanha, em 1774. Era médico e tinha muito interesse em história natural. Em 1802, após tomar parte em uma expedição russa que circunavegou a Terra, passou um tempo colecionando espécies animais e vegetais em Santa Catarina. No seu regresso à Rússia, foi nomeado cônsul no Rio de Janeiro. Após permanecer alguns anos no Brasil, viajando e aumentando suas coleções de plantas e animais, voltou para a Europa em 1820. Mas, logo o barão estava de volta ao Brasil com recursos do czar Alexandre I para fazer uma imensa viagem: sair de São Paulo e ir até a Amazônia coletando amostras de fauna e flora e documentando os costumes dos povos indígenas. Para tanto, Langsdorff contratou botânicos, zoólogos, astrônomos, navegadores e artistas.

A Expedição Langsdorff pode ser dividida em duas partes: uma terrestre, que aconteceu entre os anos de 1821 e 1825, no interior do Rio de Janeiro e de Minas Gerais; outra, fluvial, que saiu de Porto Feliz em 1826, nas margens do rio Tietê, em São Paulo, e chegou, a duras penas, a Belém do Pará, em 1829. Ali, a Expedição se encerrou, sem completar o trajeto almejado e um ano e meio antes do previsto. O plano inicial incluía alcançar o rio Amazonas e, de lá, navegar pelo rio Negro, no Amazonas, e pelo rio Branco, em Roraima. Dali, chegar à Venezuela e depois, passando pelas Guianas, voltar ao Rio de Janeiro pelo litoral.

A Expedição navegou pelos rios Paraná, Pardo, Camapuã, Coxim, Taquari e Paraguai, chegando a Corumbá. Dali, partiu para Cuiabá, subindo o rio Paraguai, até chegar ao rio Cuiabá. Os artistas iam desenhando e muitos dos participantes escreviam diários. Em Cuiabá, a Expedição se dividiu. Um grupo, coordenado pelo próprio Langsdorff e tendo como ilustrador Hercule Florence, foi procurar as nascentes do rio Paraguai e, na sequência, seguiu pelos rios Arinos e Tapajós. O outro, com o biólogo Ludwig Riedel e o ilustrador Aimé-Adrien Taunay, foi para Vila Bela do Mato Grosso, no rio Guaporé, para, de lá, seguir até o rio Amazonas, navegando pelo rio Madeira, com a intenção de encontrar com o primeiro grupo no porto da Barra do Rio Negro, que era o nome de Manaus naquela época.

Esse grupo, porém, enfrentou, logo de saída, uma tragédia. O ilustrador Aimé-Adrien Taunay morreu tentando atravessar o rio Guaporé a nado, sob uma forte tempestade, em janeiro de 1828. Mas, ainda assim, eles conseguiram chegar a Manaus e depois a Santarém, onde se encontraram com o que restou do primeiro grupo.

O grupo de Langsdorff alcançou o rio Arinos depois de muitos atrasos. Quando chegaram à aldeia dos índios Apiacá, a maioria das pessoas estava doente, com malária, inclusive o próprio Langsdorff. Ainda assim, após dez dias entre os Apiacá, seguiram pelo rio Juruena. Nesse momento, já havia falta de comida e as pessoas estavam doentes e famintas. Sobrevêm, porém, desastres ainda maiores que destroem três das quatro canoas restantes. Ali, Langsdorff também perde sua razão, não se recuperando jamais. Por fim, esse grupo, bastante desfalcado, depois de passar pelas terras dos índios Mundurucu e Maué, chega a Santarém. Dali, acompanhados do outro grupo, também reduzido, seguem para Belém e de lá, os poucos integrantes da Expedição que restaram retornam ao Rio de Janeiro, em um navio, pelo litoral.

Desse conjunto de tragédias emergiu, nos desenhos e nos relatos de viagem, um dos mais significativos retratos que temos hoje do Brasil de dois séculos atrás. Emergiu também uma parte importante do herbário do Museu Nacional, cerca de 550 mil amostras de plantas que milagrosamente não pegaram fogo no trágico incêndio do Museu Nacional no Rio de Janeiro, em setembro de 2018.

O legado de Langsdorff permaneceu esquecido nos porões da Academia de Ciências de São Petersburgo por cerca de cem anos. Eram caixas e mais caixas com animais empalhados, amostras de plantas e documentos. Seus diários, tão interessantes para agregar mais uma peça nesse mosaico que é a nossa história, só foram traduzidos e publicados em 1998.

Os relatos, amostras botânicas e artefatos indígenas das muitas viagens realizadas por naturalistas no Brasil nos séculos 18 e 19 ajudam a compor um panorama do que era esse território nesses tempos e da dimensão da destruição causada pelo colonialismo. Trata-se não só do fim de paisagens e espécies, mas também de povos, formas de viver, conhecimentos sobre plantas e animais, organizações sociais, ideias, enfim, caminhos alternativos para essa nossa humanidade tão perdida.

Langsdorff, seus colegas de expedição e outros, que vieram antes, como Alexander von Humboldt, Johann von Spix e Carl von Martius, ou depois, como Richard Spruce e Alfred Russel Wallace, só conseguiram se deslocar e sobreviver na floresta graças aos conhecimentos dos povos originários, raramente mencionados e sempre subalternizados. Não basta, porém, reconhecer essa imensa dívida que temos com esses povos, é necessário descolonizar nosso pensamento para só assim conseguir pensar coletivamente em algum futuro para a Amazônia.

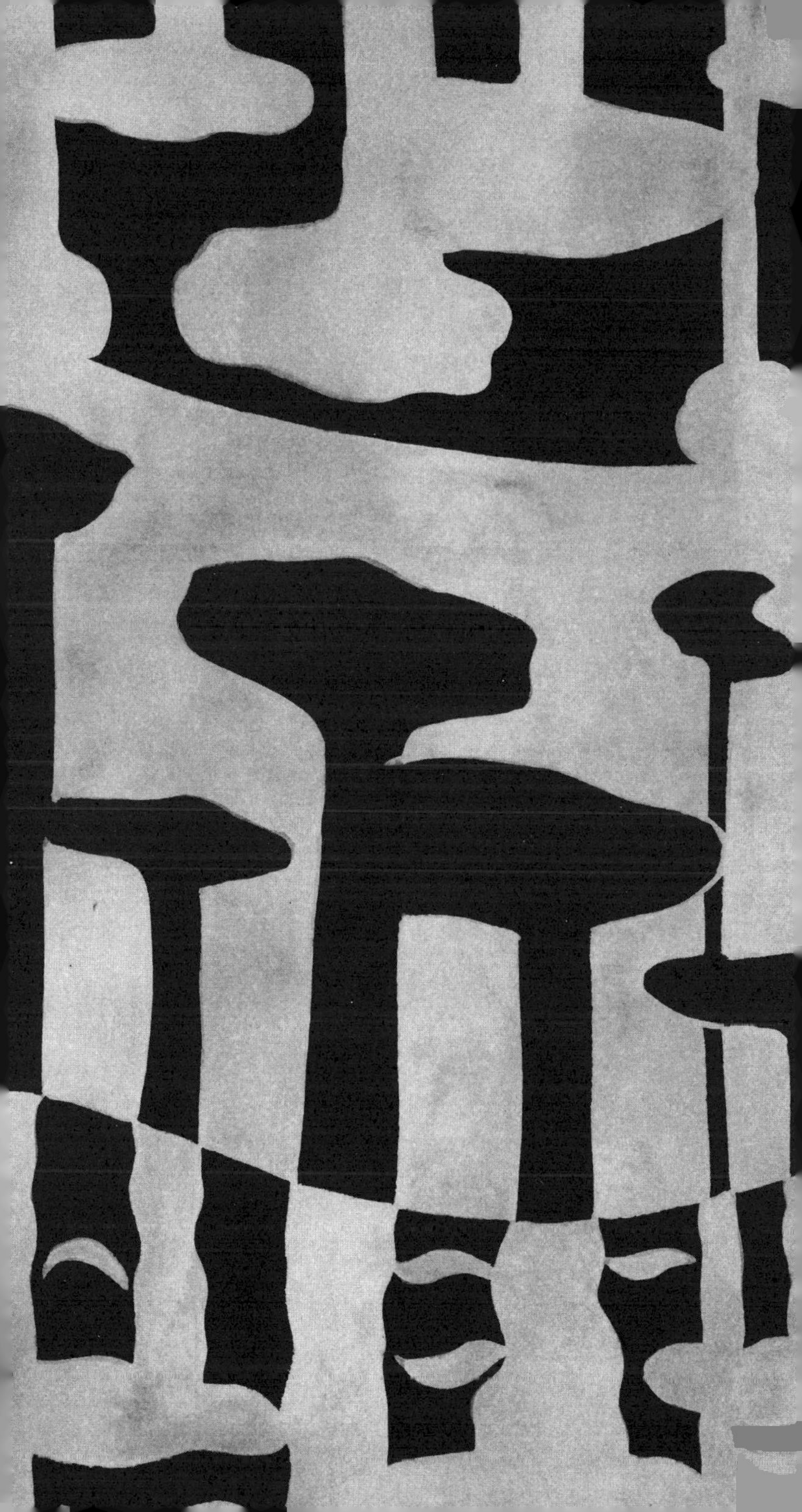

Assim na terra como no céu...

Os rios no meio da floresta, entre as árvores, espelham o céu. Na Amazônia, porém, o céu também é rio. Os céus despejam água sobre as árvores e a floresta, mas também as árvores e a floresta jogam água nos céus. Assim, floresta, água e céu se confundem numa dança sem fim. Ou até alguém colocar um fim nela, tirando a floresta da dança...

As florestas tropicais, como a Amazônia, trocam grandes quantidades de água com a atmosfera. Cerca de 70% da água das chuvas que caem sobre a superfície terrestre retornam à atmosfera pelos efeitos da evapotranspiração. Esse processo é a soma da perda de água do solo por evaporação com a perda de água da planta por transpiração.

Na Amazônia, a evapotranspiração é tão importante que ela joga na atmosfera a mesma quantidade de água que o rio Amazonas despeja no mar: cerca de 200 milhões de litros por segundo. Assim, a água liberada na atmosfera pela evapotranspiração e a água que vai para o oceano influenciam o clima e a circulação das correntes oceânicas. Isso também funciona como uma dança: de um lado, as florestas garantem a manutenção do clima regional; de outro, o clima ajuda na sobrevivência das florestas.

Essa dança, porém, tem muitos outros efeitos. Não são poucas as atividades humanas que dependem do clima. Para a agricultura, é fundamental; para a disponibilidade de água para consumo humano e animal, é essencial; e, para evitar secas e enchentes, é necessária. A questão é: o que acontece na Amazônia influencia o clima em toda a região. Por exemplo, a chuva no estado de São Paulo é resultado da água que a floresta joga na atmosfera e chega por meio da umidade nas correntes de ar, os chamados rios voadores. Além disso, diversas regiões da América do Sul, e mesmo do planeta, dependem do equilíbrio climático da Amazônia. O regime de chuvas do norte da Europa, da Ásia Central e do Chifre da África está mudando por conta das alterações na dinâmica da floresta amazônica, em razão das queimadas e do desmatamento.

Os rios voadores, que passam por sobre nossas cabeças enquanto estamos distraídos em nossas vidas cotidianas, levam a umidade da Amazônia para as regiões Sudeste, Centro-Oeste e Sul. Enquanto seguimos distraídos, outros rios voadores levam a água que evapora do oceano Atlântico para a região amazônica. Ali, essa água se transforma em chuva, e é a floresta que a devolve para a atmosfera. Da floresta, os rios voadores, impulsionados pelo vento, chegam aos Andes, onde parte da água cai como chuva e alimenta as cabeceiras dos rios amazônicos; outra parte faz a curva com o vento e vem chover no Sudeste, no Sul, no Centro-Oeste e nos países vizinhos.

Se seguirmos, no entanto, distraídos demais, não nos daremos conta de que todo esse equilíbrio está ameaçado pela destruição da floresta. A falta d'água já ameaça várias cidades brasileiras. Brasília e São Paulo já viveram crises hídricas e seus moradores tiveram que conviver com o racionamento de água. Vale lembrar que 83 das cem maiores cidades do país estão na costa do Atlântico, ou bem próximas, e ali vivem cerca de 78% da população brasileira. Mas apenas 9% da disponibilidade hídrica do Brasil está nessa região. Ou seja, a dependência da floresta amazônica é total.

Cada árvore com mais de dez metros na Amazônia é capaz de "bombear" cerca de trezentos litros de água de volta para a atmosfera. Como existem milhões de árvores com mais de dez metros na Amazônia, podemos ter a sensação que está tudo sob controle. Mas, comece a fazer as contas: apenas na bacia do Xingu, nos estados do Mato Grosso e do Pará, nos meses de maio e junho de 2019, a média de árvores derrubadas foi de 533 a cada minuto. Grande parte dessas árvores tem mais de dez metros. Se considerarmos, para facilitar a conta, que trezentas dessas árvores têm mais de dez metros, serão menos 432 mil árvores a cada dia, ou seja, menos 129 milhões de litros de água bombeados para a atmosfera por dia. Isso apenas na região do Xingu! E não se esqueça que a maioria das áreas desmatadas não é recuperada, e uma árvore leva mais de cinquenta anos para atingir dez metros.

Da matemática diretamente para a poesia: Paulo Leminski dizia que "distraídos, venceremos", o que pode ser verdade em muitas situações. Na Amazônia, depende da interpretação desse verso. Uma possibilidade é que, distraídos, não perceberemos que a floresta está sendo desmatada até que seja tarde demais. Distraídos, não sentiremos os rios voadores secarem sobre nossas cabeças. Distraídos, perderemos. Outra interpretação possível é que, distraídos da dimensão da tarefa que é evitar que a floresta seja destruída, distraídos das gigantescas forças que se opõem à preservação da Amazônia, não desistiremos de lutar e, assim, teremos alguma possibilidade de vencer. O que não podemos fazer é nos distrairmos por mais tempo que um piscar de olhos, porque se assim for, não veremos floresta nenhuma quando voltarmos a abrir os olhos...

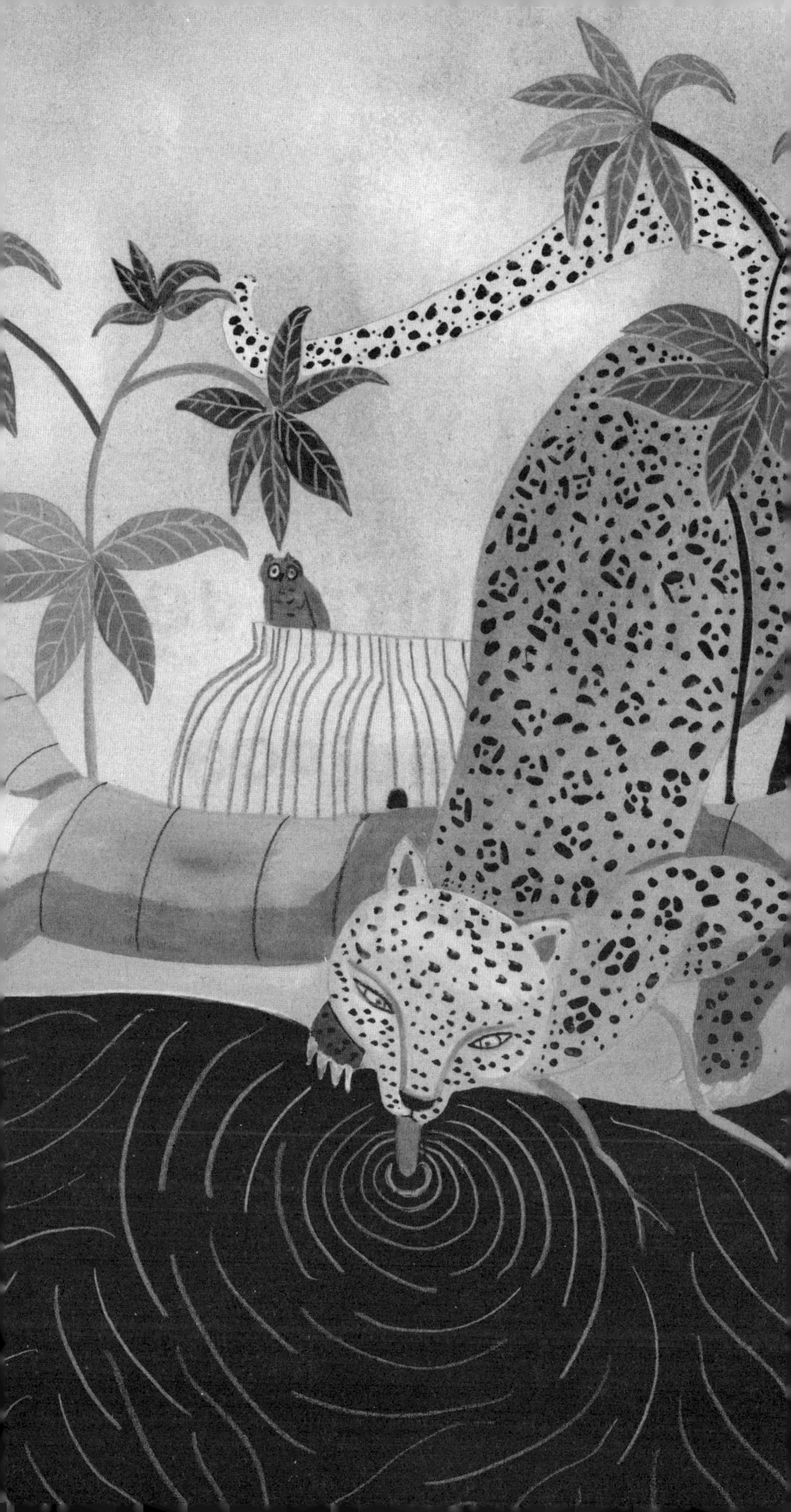

O plural de

mandioca

é rio Negro!

Tão numerosas quanto as árvores na floresta são as histórias que os povos indígenas da região do rio Negro, no estado do Amazonas, contam sobre a mandioca e suas origens. A mandioca, nas roças desses povos cultivada há milênios, é plural; são muitas as variedades e estão envolvidas em um vasto sistema de trocas e de casamentos. As variedades são plantas da mesma espécie, ou seja, todas mandiocas nesse caso – e chamadas de manivas na região –, mas cada uma distinta da outra: folhas maiores ou menores, plantas grandes ou pequenas, mandiocas mais brancas ou mais amarelas, e tantas outras diferenças. Em muitos casos, são as mulheres que desenvolvem e cuidam dessas variedades e, quando se casam, levam essas manivas, promovendo um intenso intercâmbio de plantas de mandioca.

Esse esquema de pesquisa, cultivo e trocas de manivas e de várias outras plantas, tanto alimentares quanto medicinais, faz parte do Sistema Tradicional Agrícola do Rio Negro. Estão envolvidos nesse sistema 23 povos indígenas do rio Negro, numa região conhecida como "Cabeça do Cachorro", no noroeste do Amazonas. Esse nome vem da forma que as fronteiras do Brasil com a Colômbia e com a Venezuela parecem ter quando vemos o mapa da região.

Além das variedades de maniva, que são mais de trezentas, e das outras plantas, o sistema é composto de ferramentas e utensílios, receitas e modo de preparo de alimentos, técnicas de cultivo, de pesca e de fabricação de instrumentos, manifestações culturais como histórias, línguas, danças e músicas, entre diversas outras.

O Sistema Agrícola Tradicional do Rio Negro foi o primeiro sistema desse tipo a ser reconhecido como patrimônio cultural brasileiro pelo Instituto do Patrimônio Histórico e Artístico Nacional (IPHAN), em 2010. Esse patrimônio está umbilicalmente ligado à floresta, aos rios e ao modo de vida dos povos indígenas que ali habitam. O desafio é como manter a floresta e esses modos de vida, e o segredo é valorizar cada vez mais os conhecimentos envolvidos no sistema e os produtos que dele derivam. Uma parte importante desse processo passa pela merenda escolar na região. Levar esses produtos para as escolas faz com que a alimentação ali seja mais saudável e que as crianças conheçam essas comidas. Encantadas pelos sabores, espera-se que essas crianças, adultos de amanhã, levem o Sistema Agrícola Tradicional do Rio Negro no coração.

Os sistemas agrícolas tradicionais apostam numa economia do cuidado, ou seja, produzir, mas ao mesmo tempo cuidar da floresta, do ambiente, dos outros seres com quem compartilhamos esse planeta e dos serviços que a natureza nos oferece, como a qualidade e a disponibilidade de água, a fertilidade dos solos, a estabilidade climática e o controle de pragas e doenças. Essa economia gira também em torno dos modos de vida dos povos e comunidades envolvidos nesses sistemas agrícolas tradicionais, assegurando a persistência de seus jeitos de viver, diferentes dos da maioria da sociedade capitalista.

Essa forma de produzir contrasta com a necroeconomia nossa de cada dia, uma "economia do despejamento", cuja produção despeja seus impactos negativos na sociedade sem ser onerada por isso. Uma monocultura de soja, por exemplo, desmata a floresta ou o Cerrado, polui lençóis freáticos e cursos d'água e contamina o solo com seus agrotóxicos, mas nenhum desses efeitos deletérios é compensado pelos produtores. Todos são despejados sobre nossas cabeças: nós que temos que perder biodiversidade, florestas e cerrados e nos haver com as consequências desse desmatamento, inclusive para as mudanças climáticas. No máximo, espera-se que o estado tome medidas para mitigar alguns desses impactos, o que quer dizer, em última instância, que somos nós, os cidadãos, que pagamos por isso. Água e solo são impactados tanto pela irrigação quanto pelo uso de agrotóxicos, mas esses danos tampouco estão embutidos nos preços do produto final. Eles sobram para a sociedade e são depositados, como sempre, na conta dos mais pobres e, no caso do meio rural, dos povos indígenas e dos povos e comunidades tradicionais, como ribeirinhos, extrativistas, quebradeiras de coco e muitos outros, que passam a ter águas – quando esse recurso não desaparece ou se torna demasiadamente escasso – contaminadas, prejudicando sua saúde e sua produção.

É importante ressaltar que os sistemas agrícolas tradicionais não são sistemas primitivos, atrasados ou sem tecnologia, quando comparados com a moderna produção agropecuária; ao contrário, são sistemas que partem de pressupostos distintos e que zelam pelo bem-estar dos diversos seres e processos biológicos essenciais para a manutenção da vida na Terra. A produção de *commodities* agrícolas, em geral, concentra riqueza, destrói espécies e ecossistemas e elimina a agrobiodiversidade.

É justamente a agrobiodiversidade, ou seja, a diversidade de variedades na agricultura, como as diversas manivas do Sistema Agrícola Tradicional do Rio Negro, que garante a resistência a pragas e doenças, e a possibilidade de adaptação às mudanças climáticas e a outras transformações do ambiente. Com uma homogeneização das culturas agropecuárias, doenças podem dar fim à produção em grande escala, como já visto no caso das batatas na Irlanda e dos múltiplos surtos de gripe suína em fazendas produtoras de carne. É a agrobiodiversidade que oferece também o sal da vida: criando sabores, cores, variedades, surpresas e uma possibilidade de alimentação diversa. Sem ela o mundo seria mais cinzento e comer se tornaria um ato mecânico ou uma rendição à variedade criada pelos alimentos multiprocessados.

Sistemas agrícolas tradicionais, como o do rio Negro, mostram a diferença que existe entre a comida de algum lugar e a comida de lugar nenhum. A comida de algum lugar tem raízes, histórias e cuidado com o planeta. Sua valorização é uma forma mais gentil e mais generosa de lidar com o mundo que nos cerca e com os diversos seres que o habitam. No caso da humanidade, talvez o único caminho possível.

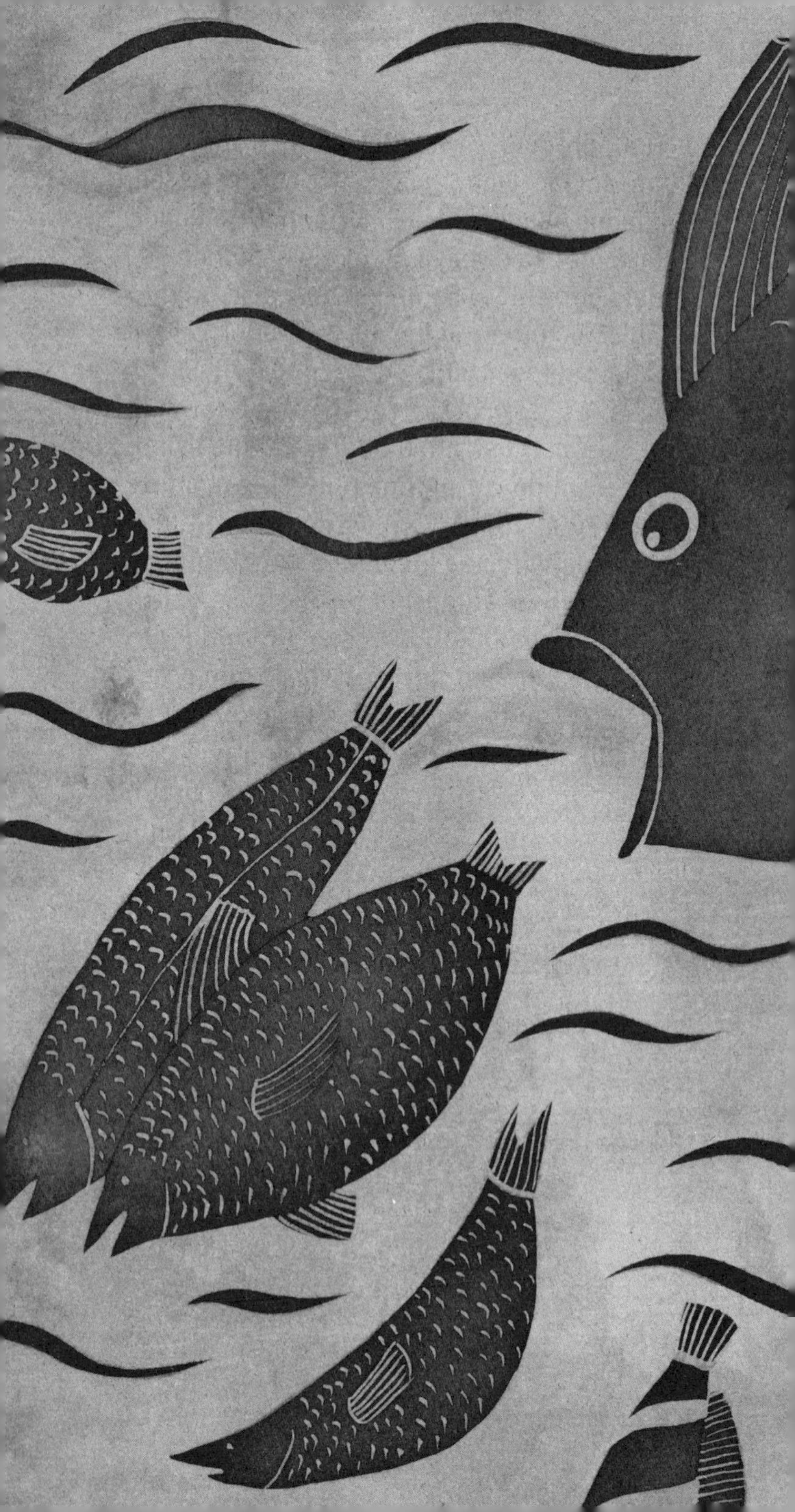

A tilápia é o coelho da Amazônia?

Curimatã, pirarucu, filhote, aruanã, gurijuba, pacu, com os dias contados? Matrichã, tambaqui, piramutaba, piranha, pirapatinga, ameaçados? Pirananbu, apapá, peixe-cachorro, curimbatá, jatuarana, jaú, condenados? São mais de três mil as espécies de peixes da Amazônia, a maior biodiversidade aquática do planeta. Toda ela, porém, pode estar ameaçada pelo desmatamento, pela crise climática ou, mais imediatamente, pela introdução de espécies exóticas de peixes, como, por exemplo, a tilápia.

A preservação dessa diversidade de peixes e de mamíferos aquáticos – como botos, peixes-boi e golfinhos – deve-se ao fato da bacia amazônica manter-se livre de populações de peixes exóticos, ou seja, provenientes de outros lugares do planeta. Esse fenômeno, a introdução de espécies exóticas, acontece na maioria dos ambientes aquáticos e é responsável pela destruição da diversidade local.

A introdução de espécies de outros lugares, muitas vezes para atender caprichos ou situações que poderiam ser contornadas de outras formas, tem um histórico desastroso. Dois exemplos terrestres são bastante ilustrativos: os coelhos na Austrália e os castores na Terra do Fogo.

Não existiam coelhos na Austrália, mas existiam caçadores que queriam caçar coelhos. Assim, em meados do século 19, um deles teve uma ideia para resolver esse problema: levou 24 coelhos para caçar na

Austrália. Aparentemente, ele não era bom caçador pois não caçou todos os coelhos e eles se reproduziram loucamente, gerando milhões de animais. Claro que essa quantidade exorbitante de coelhos causa grandes impactos como erosão, desertificação e perdas significativas na agricultura.

Para tentar conter os coelhos, o governo australiano tentou cercas, o que obviamente fracassou, e importou raposas vermelhas que, além de se reproduzirem descontroladamente, atacavam a fauna nativa de marsupiais e aves, gerando mais um problema. Em 1951, a Austrália adotou a guerra biológica: importou o vírus de uma doença de coelhos existente no Uruguai e conseguiu a morte de alguns milhões de coelhos. Depois, porém, vieram os sobreviventes, resistentes à doença, e geraram novas gerações de coelhos imunes. Como se isso fosse pouco, a doença se espalhou e acabou matando uma quantidade enorme de coelhos em outros continentes.

Mais recentemente, a Austrália passou a usar uma nova variante do vírus de uma doença hemorrágica mortal para os coelhos. O problema é que, como sabemos, os vírus não conhecem fronteiras, nem precisam de vistos. Assim sendo, a qualquer momento, esse vírus pode se espalhar pelo mundo e chegar, por exemplo, à Península Ibérica, onde se tenta proteger os coelhos. Ali a escassez desses animais ameaça espécies como o lince ibérico e a águia imperial espanhola. Outro risco é que o vírus se torne mais letal ou que comece a infectar outras espécies, história que conhecemos bem depois da Covid-19. Ou seja, o que um capricho de um mau caçador de coelhos pode causar...

Com os castores, na Terra do Fogo, a história é similar. Em 1946, foram importados 25 castores canadenses para a ilha, onde não havia castores nem seus predadores. A ideia era desenvolver uma indústria de peles para casacos, porém o negócio fracassou. Os castores, no entanto, prosperaram e atingiram uma população de mais de cem mil indivíduos, causando uma enorme degradação das florestas, derrubando árvores e inundando regiões com seus diques. Apesar das diversas tentativas de erradicação dos castores, eles seguem donos da Terra do Fogo.

Com as tilápias não é muito diferente. Esses peixes originários da África tendem a dominar os ambientes onde são introduzidos, pois competem com muita eficiência pelos recursos alimentares, por espaço e por locais de desova, levando ao desaparecimento outras espécies. Há diversos casos documentados de lugares onde a tilápia foi introduzida e causou a extinção das espécies nativas. Imagine as tilápias nadando faceiras nos rios amazônicos...

Seria possível enumerar um conjunto de consequências desastrosas para a Amazônia, derivadas de uma inconsequente introdução da tilápia na bacia, mas bastam duas. A primeira é o comprometimento da biodiversidade aquática que pode levar à degradação em cadeia. O desaparecimento das espécies de peixes causará a extinção de muitas outras espécies, tanto de fauna como de flora, o que transformará o ambiente e pode conduzir à destruição do ecossistema. A segunda, é que não há volta para a introdução de espécies na Amazônia, ou seja, não dá para experimentar e depois decidir que deu errado. Uma vez introduzidas, o dano será irreversível. Coelhos e castores não nos deixam esquecer...

Mas, ainda assim, há uma forte pressão pela introdução da tilápia, além de algumas iniciativas já em curso, na bacia amazônica. Isso acontece, possivelmente, porque os interesses de curto prazo prevalecem e há pacotes tecnológicos para criação e mercados consumidores garantidos para a tilápia. Mais uma vez, corremos o risco de não atentar para as consequências desse tipo de ação e tenhamos que pagar um alto preço mais tarde.

A tilápia pode funcionar como uma metáfora da troca da enorme diversidade amazônica – de povos indígenas, comunidades locais, plantas, animais, forma de viver, sabores e curas – por uma forma homogênea de se alimentar e de viver. Trocaremos os mais incríveis sabores, peixes com consistências e gostos diferentes, que suscitam novas combinações culinárias, por receitas convencionais à base de tilápia.

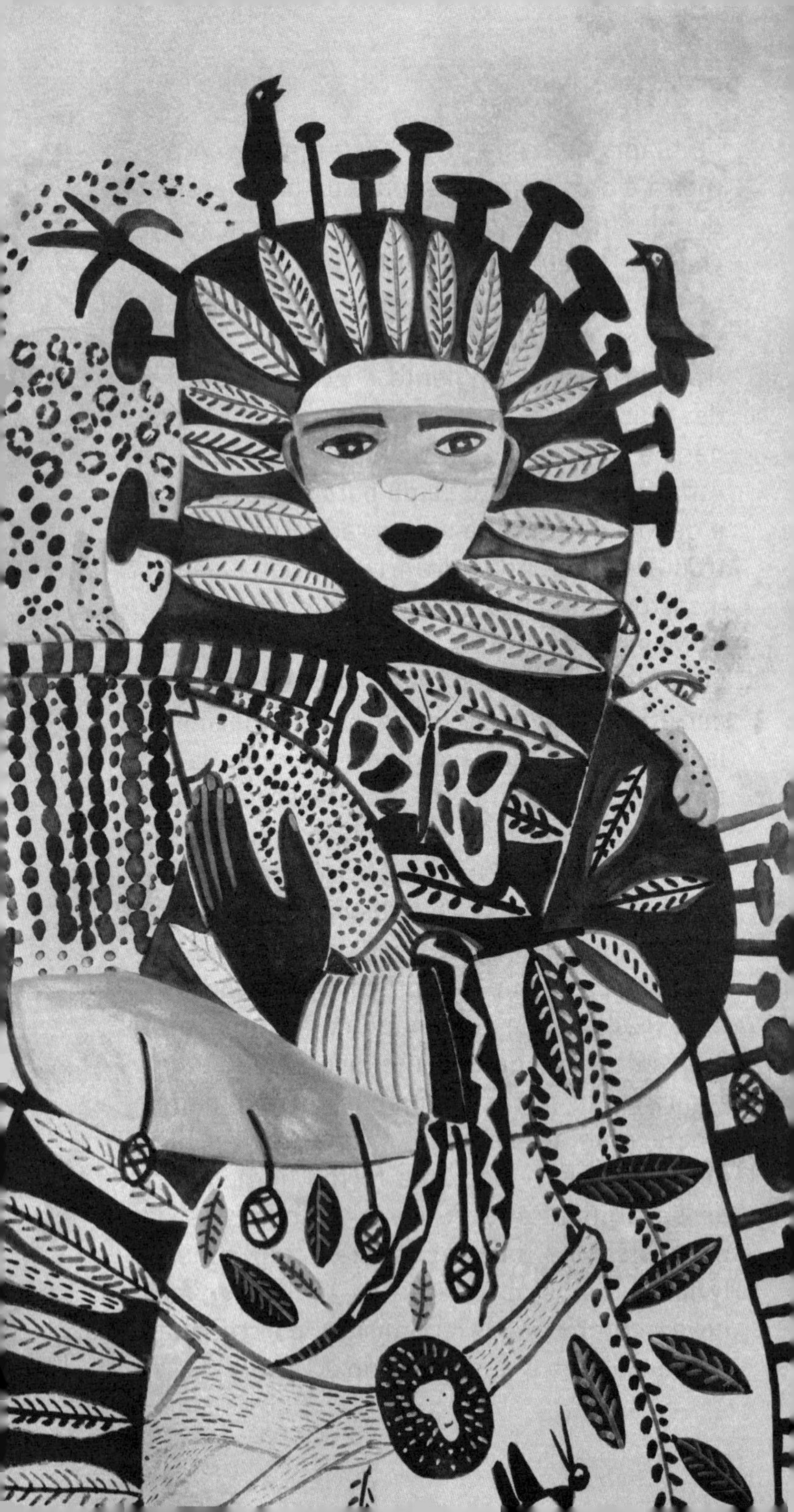

Amazônia? Esquece...

Esquece? Como assim? É possível esquecer a maior floresta tropical do mundo? É possível esquecer metade do território nacional? É possível esquecer milhares de espécies de plantas e animais? Aqueles rios imensos, aquela água toda? Esquecer os mais de 200 povos indígenas que vivem por lá? Os ribeirinhos, os seringueiros, as extrativistas?

Uma floresta, mesmo que pareça infinita, acaba. A Mata Atlântica não nos deixa esquecer. A Amazônia parece uma floresta sem fim, mas não é. E, pior, seu fim começa a se delinear no horizonte e já se faz visível ou pelo menos imaginável.

Por décadas, estradas rasgaram a floresta, garimpeiros, madeireiros e grileiros ali viveram, extraíram recursos naturais, usaram a floresta como forma de subsistência e, às vezes, de enriquecimento. Por todo esse tempo, o Estado brasileiro falhou em ter uma política coerente e constante para a Amazônia. O mais frequente foi – e continua sendo – tratar a floresta como maldição, como se devêssemos nos livrar dela para que surgissem oportunidades para o país.

Isso se expressa não apenas nos grandes empreendimentos realizados na Amazônia sem nenhum cuidado e sem nenhuma preocupação com seus impactos devastadores, como é o caso de Belo Monte, mas também no constante descaso com povos indígenas e comunidades locais que vivem na região. Tudo isso é histórico, mas há algo de novo no *front*...

Paralelamente, houve, ao longo das últimas décadas, um crescimento das áreas protegidas na Amazônia. Esse processo sempre enfrentou resistência, mas, ainda assim, um conjunto relevante de áreas foi criado e segue protegendo uma importante parte da floresta. E a parte em questão, fora dessas áreas e fora das Terras Indígenas, continua sendo desmatada em um ritmo escandaloso. Tudo isso é o "normal" da região amazônica, mas agora há algo de novo no *front*...

A interrupção da criação de áreas protegidas, a suspensão completa da demarcação das Terras Indígenas, a falta total de fiscalização e de controle sobre as atividades ilegais na região, o discurso oficial de apoio à ocupação e ao uso ilícito da terra e de recursos naturais na Amazônia, como a grilagem, o garimpo ilegal, a exploração predatória de madeira, o descaso crescente com o licenciamento ambiental e a profusão de iniciativas do poder legislativo e executivo, minando as áreas de conservação já estabelecidas, delineiam um cenário de ataques sem precedentes à Amazônia e aos seus povos.

Ataques esses, superlativos, como a própria floresta. Antes mesmo das "novas" políticas aterrissarem na maior floresta do planeta, chegou, como um arauto, a narrativa. Uma narrativa que sinaliza que vale tudo, menos as árvores e os indígenas; uma narrativa que afirma que o ilegal é legal, contra todas as possibilidades; uma narrativa que toma partido dos que estão ocupando a Amazônia há anos, como grileiros e garimpeiros, mas despreza aqueles que estão por lá, há milhares de anos, como os povos indígenas.

O resultado no chão, na floresta, tem sido devastador. Um exemplo: na bacia do rio Xingu, entre os estados do Pará e do Mato Grosso, há 26 milhões de hectares de áreas protegidas. São 21 Terras Indígenas e nove Unidades de Conservação, que abarcam ecossistemas com a maior biodiversidade do mundo. Ali, nessa região, conhecida como "Corredor Xingu", em dois meses, maio e junho de 2019, 14,7 mil hectares de floresta foram destruídos dentro de Terras Indígenas e Unidades de Conservação na região conhecida como Corredor Xingu. Esse total equivale a um desmatamento 172% maior do que o mesmo período do ano anterior.

Na bacia do Xingu, região que engloba o Corredor, o desmatamento no mesmo período atingiu mais de 45 mil hectares, o equivalente a 544 milhões de árvores derrubadas em dois meses. Já o número de focos de calor aumentou 271% em relação ao mesmo período de 2018. O ano de 2020, além da pandemia do coronavírus, trouxe mais desmatamento, mais queimadas e, principalmente, mais descaso.

Mais quente, com mais incêndios e com muito menos árvores, o fim da Amazônia já começa a se delinear. Quando a isso se acrescenta um agronegócio arcaico, uma leniência significativa com a grilagem e o garimpo ilegal, e uma visão anacrônica de desenvolvimento para a região, o que era um delineamento futuro, parece se converter em uma certeza catastrófica.

Vamos precisar de coragem para olhar nossos filhos e netos nos olhos e explicar como deixamos isso acontecer; como permitimos que um dos mais importantes patrimônios do povo brasileiro, a Amazônia, fosse sumariamente destruído; como trocamos uma enorme floresta, com suas milhares de espécies de flora e de fauna por pastos e monoculturas de soja, e como, mesmo depois disso, continuamos a respirar. Bom, talvez com essa última questão não precisaremos nos preocupar...

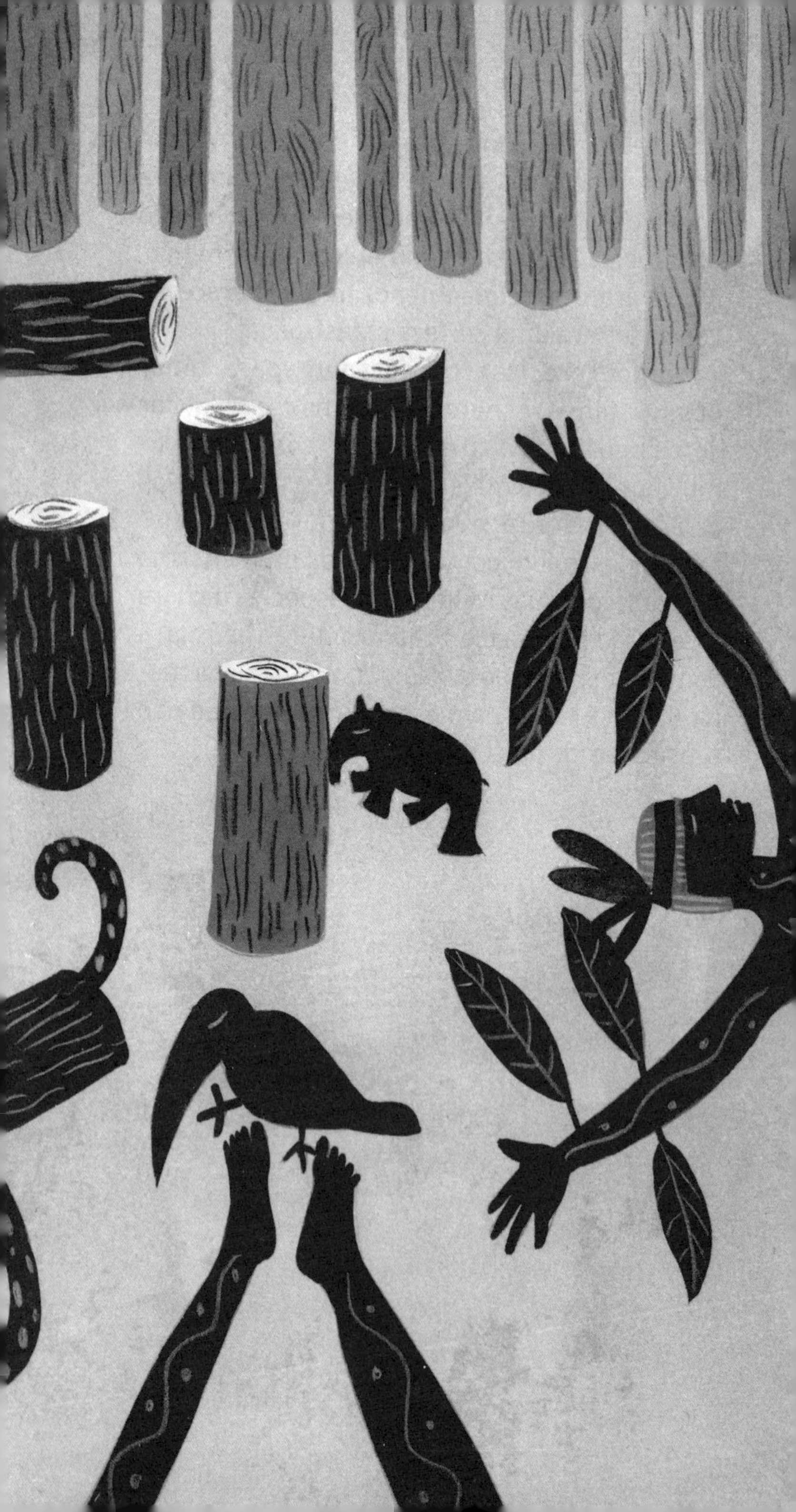

Quem mata e quem morre na Amazônia?

No dia 22 de dezembro de 1988, nos fundos de sua casa em Xapuri, Chico Mendes foi assassinado. Seu crime? Defender a persistência da floresta. Sua morte foi precedida pela de Wilson Pinheiro e de muitos outros seringueiros. Seus crimes? Insistir na manutenção da floresta. Como Chico Mendes e seus companheiros e companheiras assassinadas, morre na Amazônia quem zela pela floresta.

Quando da chegada dos europeus, o espanto era tanto, o medo da mata era tal, o assombro com a abundância da floresta era tão gigantesco e o fascínio com a diversidade tão enorme, que logo os colonizadores perceberam que só poderiam adentrar aquele mundo guiados pelos indígenas, alimentados por eles e defendidos por eles. Isso não demorou a acontecer... e logo doenças e guerras estavam eliminando a população nativa do continente que insistia nas florestas.

Os séculos se passaram e a floresta seguiu no imaginário do país como uma maldição a ser superada, desbravada, arrasada, civilizada. A ditadura militar, com seus *slogans* mentirosos, como "Amazônia: uma terra sem homens para homens sem terra", ou "integrar para não entregar", criou enormes conflitos sobre o uso da terra e dos chamados recursos naturais da região, como madeira e minérios.

Desde a morte de Chico Mendes, já em tempos democráticos, até aqui, já em tempos não tão democráticos, centenas de pessoas foram assassinadas por defender a floresta. Só nos últimos anos, os números assustam: foram vinte mortos em 2018; 24 em 2019, entre os quais dez indígenas; mais vinte assassinados em 2021; sem falar no emblemático caso do indigenista Bruno Pereira e do jornalista Dom Phillips assassinados em junho de 2022, no Vale do Javari. São, sem dúvida, interesses privados gigantescos contrariados por esses defensores da floresta. Eles se contrapõem a madeireiros, garimpeiros, grileiros e traficantes. Mas talvez haja mais do que isso...

Se não há dúvida sobre quem morre, tampouco é difícil caracterizar quem mata: aquele que vê seu interesse de destruir a floresta, de um jeito ou de outro, ameaçado ou questionado e tem a certeza do acobertamento de seus pares e da impunidade que data dos tempos onde os povos da floresta, sem alma e sem história, poderiam ser mortos sem que houvesse nenhuma reação.

O binômio quem-mata-e-quem-morre na Amazônia diz, portanto, muito sobre quem somos nós e que país é esse. Um país que não imagina que uma floresta dessas dimensões tem potencial para criar outras possibilidades de riqueza e de futuro. Que não protege seu maior tesouro, nem quem defende, com sangue e luta, esse patrimônio. Um país que se alia aos que querem vê-lo rebaixado ao conjunto dos sem-floresta, sem sonhos e futuro.

Talvez essas escolhas revelem mais do que interesses econômicos marinados no capitalismo predatório possam nos fazer supor. Talvez espelhem a face mais bruta do colonialismo, aquela que se recusa a olhar para dentro do país, que mantém o rosto voltado para o Atlântico, sonhando e desejando ilusões que nunca existiram, numa eterna recusa a compreender o que é e o que poderia ser o Brasil.

Talvez essas escolhas sejam a medida do temor que outros modos de vida provocam nos que têm certezas absolutas. A ideia de que é possível viver de outras formas pode ser muito subversiva e ameaçar a hierarquia que o colonizador, até hoje, acredita ser imutável.

Um exemplo emblemático é a reserva extrativista. Uma ideia original de Chico Mendes e seus companheiros e companheiras, inspirada nas Terras Indígenas, chamadas na época de Reservas Indígenas, onde extrativistas poderiam viver da floresta sem destruir a mata e sem serem cooptados pela sociedade do consumo. A terra é de domínio público e o uso é destinado às comunidades tradicionais locais. Um espaço onde teoricamente os conhecimentos sobre a floresta seriam o que mais valeria e o direito de existir dessa forma seria mantido.

A consolidação dos direitos originários dos povos indígenas na Constituição Federal de 1988, garantindo seus territórios, desempenha papel semelhante, suscitando críticas que dizem mais sobre quem as faz do que sobre os modos de vida dos indígenas. Aqueles que deploram o jeito de viver dos povos indígenas, acusando-os de preguiçosos ou algo assim, subscrevem sua própria subalternidade cotidiana em trabalhos mal pagos, horários dilatados e infelicidade destilada.

Matar e morrer na Amazônia são as duas faces de uma mesma moeda. O jogo, porém, não é equilibrado: enquanto os matadores avançam e os defensores morrem, a floresta desaparece, o clima muda, trazendo novas tragédias, e conhecimentos valiosos se esvaem. As escolhas estão na mesa ainda: cara ou coroa?

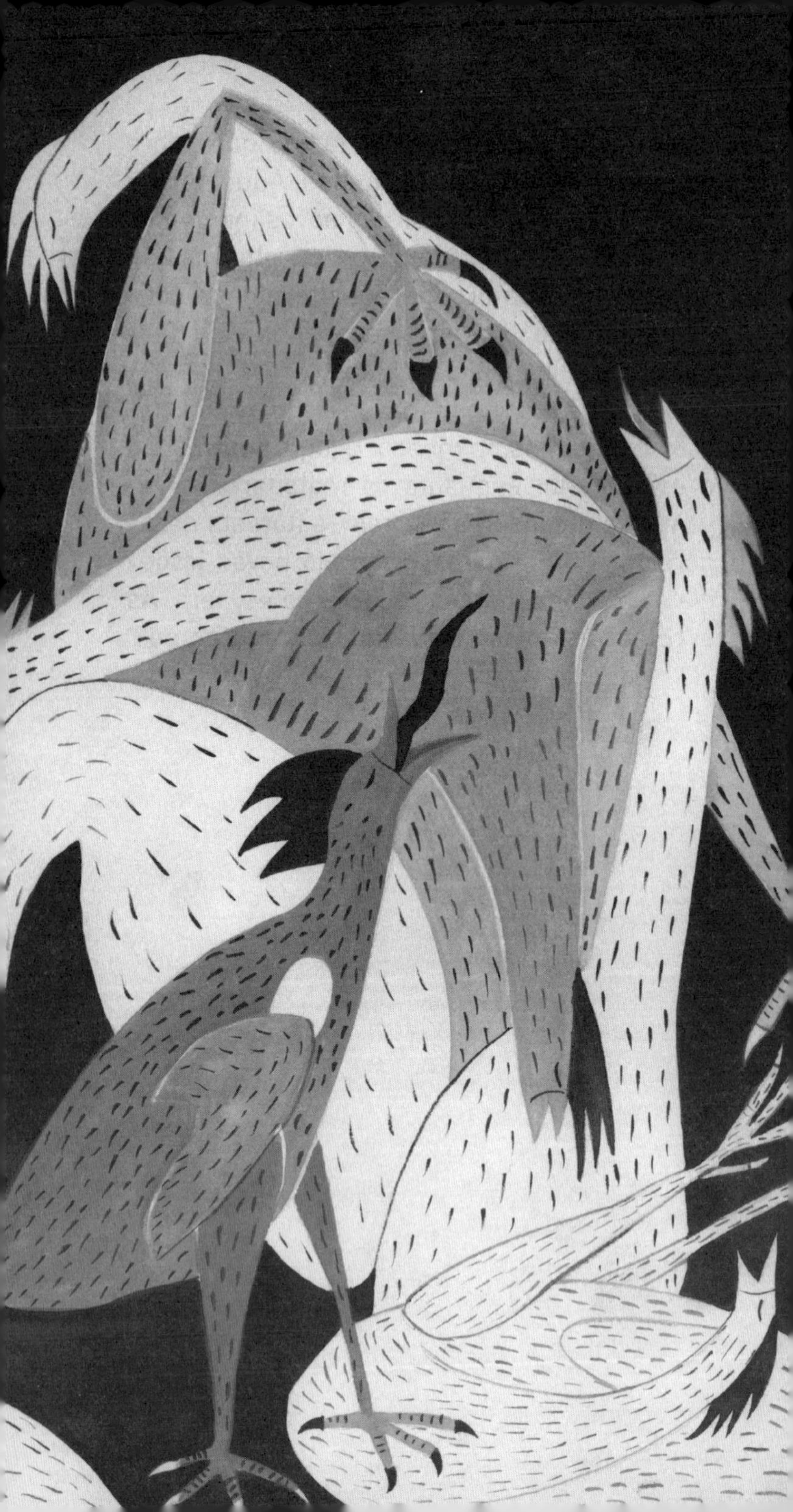

Azar, casualidade ou consequência?

Não, não é um acaso, uma mera casualidade, um azar... A pandemia do coronavírus espelha as formas com que nos relacionamos com a natureza. E, vale dizer, nos relacionamos mal com ela...

Confinamos bois, vacas, porcos, galinhas e patos em pequenos ou grandes espaços, em condições muito precárias, só para matá-los e devorá-los. Mas não queremos ver um galpão iluminado por fortes luzes de halogênio, com milhares de galinhas tentando sobreviver em espaços mínimos, apertadas umas contra as outras, sem penas, cheias de feridas e piolhos, pisoteando outras galinhas mortas, em decomposição e cacarejando em sofrimento constante; o que queremos é ir ao supermercado mais próximo e comprar um frango numa bandeja asséptica.

Arrancamos barbatanas de tubarão, chifres de rinocerontes, presas de elefantes, escamas de pangolins... Mas não queremos ver os animais engaiolados nos mercados chineses, nem saber que essas espécies são abandonadas para morrer sangrando. Jogamos milhões de toneladas de lixo no mar, mas queremos praias limpas, oceanos sem golfinhos entalados no plástico e sem garrafas boiando... Invadimos e destruímos florestas, savanas, campos e mares. Ignoramos o potencial que essas paisagens têm e desprezamos o conjunto de serviços com que a natureza nos brinda gratuitamente e que garante um ambiente convidativo para a nossa espécie nesse planeta. Mas não queremos enfrentar as consequências disso.

É justamente dessas relações, com as quais a gente compactua no nosso dia a dia, temperadas com a cobiça humana, organizadas sob forma de um regime político-econômico, que nasceram muitas das pandemias que aterrorizaram nossa espécie e também essa que nos prendeu em casa por cerca de dois anos a partir de 2020.

Essa não foi a primeira vez que uma pandemia assola a humanidade. Houve várias que mataram milhões de pessoas, na Antiguidade e na Idade Média. E até hoje seguem matando. No século 20, o mundo enfrentou a gripe espanhola, entre 1918 e 1920, que, dizem, matou em torno de 30 a 50 milhões de pessoas e depois, ao longo do século, várias outras epidemias atingiram nossa espécie, deixando milhares de mortos. Já nesse século, houve a epidemia de SARS, em 2003, e diversos surtos de ebola e de outras doenças virais, como a dengue e a zika.

Vale dizer que todo vírus que circula na natureza precisa de um outro ser vivo para se reproduzir. É usando o maquinário da célula de outro organismo que ele se multiplica e, consequentemente, se espalha. Os vírus também se transformam ao longo do tempo, o que torna possível se instalarem em hospedeiros onde suas versões anteriores não tinham sucesso.

A questão é que nossas relações com a natureza podem ajudar nesse processo. Se destruímos florestas, savanas e outros ecossistemas, se promovemos a transformação do clima, os animais são obrigados a viver em outros lugares, e o resultado é que animais que nunca se encontraram antes passam a conviver. Assim, o trânsito dos vírus também se torna mais provável.

Além disso, ao longo do tempo, nossas relações com a natureza foram se transformando, e, nos últimos cem anos, foram se convertendo numa saga de predação: sofisticamos nossas maneiras de matar os animais que usamos na alimentação humana, multiplicamos, confinamos e abatemos mais e mais. Ampliamos nossas modificações no ambiente natural: desmatamos mais florestas; convertemos mais savanas em campos de agricultura e pecuária; poluímos solos, águas e mares; e estamos mudando o clima do planeta. Espécies que viviam no meio da floresta ou nas profundezas da savana são encontradas em áreas urbanas ou perto das cidades, em contato com animais domésticos ou com aqueles criados para o abate.

Além disso, nossa espécie se multiplicou; ocupa hoje virtualmente toda a Terra, e faz isso com vastas populações, de milhões de pessoas concentradas em pequenos espaços. Isso tudo organizado em sistemas econômicos tão predatórios que, além de causarem grande estrago aos ambientes naturais do planeta, impedem que os frutos da agricultura e da pecuária cheguem a todos que precisam de comida. Assim, muitas vezes, milhões de pessoas têm que apelar para estratégias diversas para garantir sua subsistência e algumas delas têm relação com a destruição dos ambientes e com o tráfico e abate de animais selvagens. Exemplos disso são os traficantes de presas de elefantes, barbatanas de tubarão, chifres de rinoceronte, papagaios, peixes ornamentais, e também os criadores de diversas espécies silvestres que alimentam, por um lado, gente faminta e, por outro, um comércio de itens exclusivos para restaurantes caros e clientes ricos.

Nesse cenário, uma nova pandemia pode estar à nossa espreita a qualquer momento. A Organização Mundial da Saúde (OMS) já considera esse mundo, onde há cada vez mais surtos de doenças mortais como o "novo normal". Isso pode acontecer bem aqui, no Brasil. Estima-se que haja mais de três mil coronavírus nos morcegos brasileiros e inúmeros outros vírus em animais como bois, vacas, cabras e porcos. A mistura de tudo isso na Amazônia, tendo como pano de fundo uma paisagem degradada, pode se configurar no gatilho perfeito para uma nova pandemia global.

Vale lembrar que outras doenças encontram na destruição ambiental seu estopim. Os surtos de ebola estão ligados à conversão de áreas de floresta em monoculturas e surgem repetidamente em várias regiões da África. A Amazônia enfrenta seguidamente epidemias de malária e de leishmaniose, doenças cujo vínculo com o desmatamento está bem estabelecido: é possível relacionar número de hectares desmatados com o aumento do número de casos dessas doenças.

Mas isso não parece comover, nem mover ninguém. A destruição da Amazônia se acelera a cada minuto: enquanto vivenciávamos a crise de saúde derivada da pandemia do coronavírus, as atividades predatórias só aumentaram por lá, numa combinação explosiva de contaminação dos povos da floresta com o novo coronavírus, de aumento escandaloso do desmatamento e da grilagem, e da criação de condições para o surgimento de novas doenças.

Quando desistimos das florestas, das savanas, dos mares, estamos desistindo de nós mesmos. Quando falhamos em nos perceber como parte da natureza; quando apostamos todas as nossas fichas numa tecnologia que frequentemente se inspira na natureza que não hesitamos em destruir; quando achamos que é normal que alguns poucos humanos devorem todo o planeta, enquanto os outros têm a alma devorada cotidianamente para garantir sua subsistência, descobrimos que restou pouco a que chamar de humanidade.

Sabemos de tudo isso e sabemos há muito tempo... As perguntas agora que deveriam nos atormentar giram em torno de como e por quê nada aprendemos com essa pandemia? Até quando persistiremos nessas relações predatórias com a natureza? E o que nos faz tão cegos aos sinais da necessidade de transformações? Como ignoramos solenemente até mesmo uma pandemia global?

Houve quem dissesse que o mundo, depois da pandemia de Covid-19, nunca mais seria o mesmo... para o bem e para o mal. Mas, não se tratava apenas de entender que vivemos um momento extraordinário e que poderia se configurar em uma "janela de oportunidade", como se costuma dizer. Para que houvesse mudanças de fato seria preciso entrar seriamente na disputa do imaginário de futuro e desenhar outros caminhos, concretos, tangíveis, onde as pessoas pudessem se enxergar. Mas, esse talvez seja um dos maiores empecilhos para um novo mundo. Estamos tão convencidos de que só existe um jeito certo de viver, que sequer conseguimos imaginar outras formas de estar no mundo. Esse pretenso jeito certo de viver colonizou nosso imaginário a tal ponto que não vislumbramos outros mundos possíveis.

A tradução é que, enquanto nos debatemos com a ideia de que o presente é uma máquina de fazer futuros, já se desenha um futuro sem floresta, sem natureza, com mais doenças, mais desigualdades e com menos oportunidades. Quem sabe que inspirações a exuberância da floresta poderia trazer à humanidade? Quem sabe que mundo poderia ter emergido dessa pandemia se não estivéssemos todos já irremediavelmente imersos em um presente sem horizontes?

O mundo só pode se transformar com muito esforço, mesmo o momento tão extraordinário de uma pandemia global não foi um gatilho suficiente para mudança. Nosso comportamento carrega um gigantesco componente inercial, o que torna as mudanças rápidas improváveis. O presente é uma máquina de fazer futuros, mas o presente também é um reflexo do passado, onde ele foi talhado como futuro. Se não nos lançarmos nessa aventura de buscar novas possibilidades de mundo, disputando o futuro pós-pandêmico até as últimas consequências, não haverá outro mundo possível; o presente delineará um futuro com mais do mesmo e saberemos que, como espécie, perdemos.

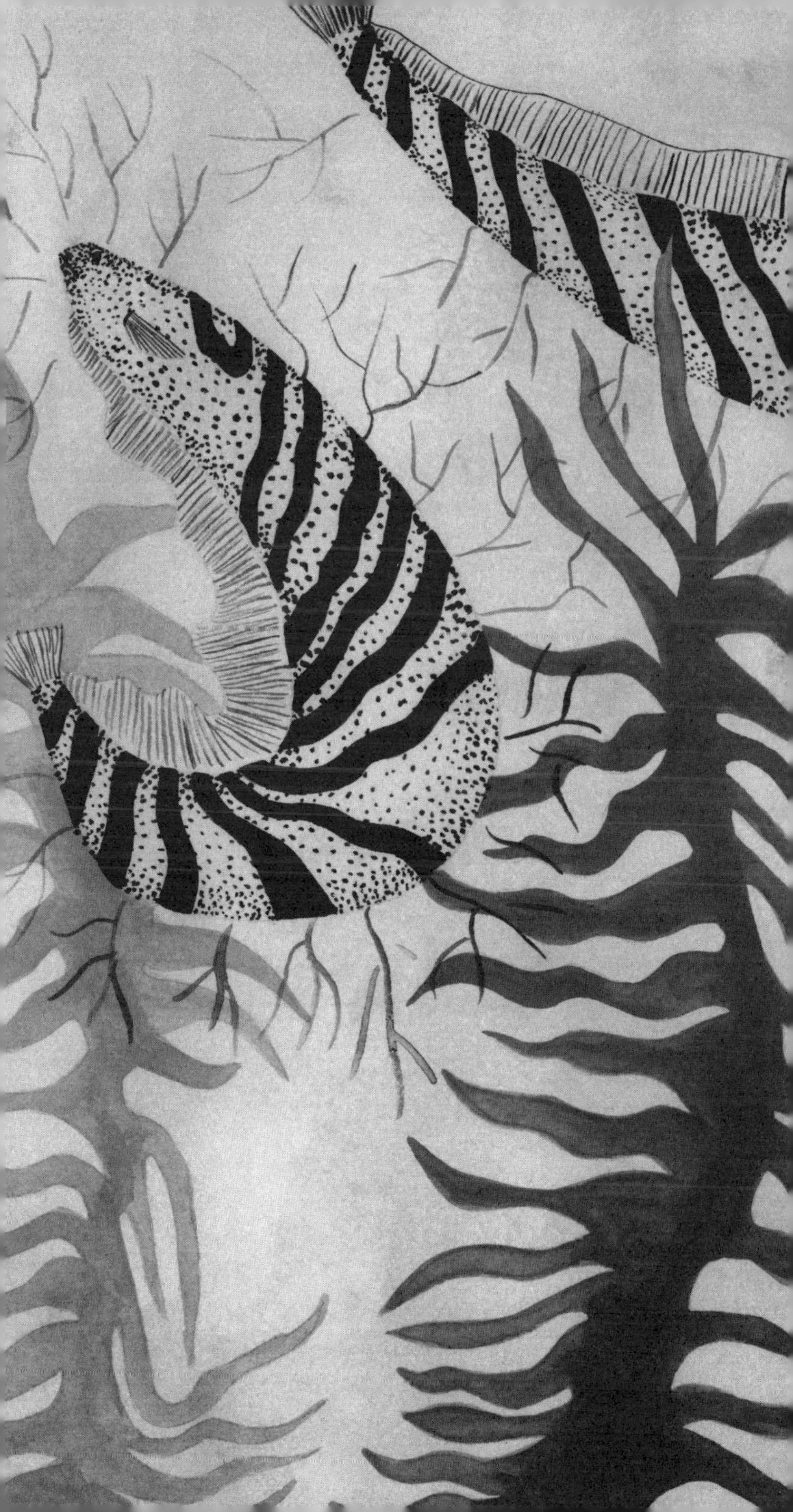

Quer saber mais?

Horizontes amazônicos, de Bruno Malheiro, Carlos Walter Porto-Gonçalves e Fernando Michelotti, publicado em 2021, pela Expressão Popular e Fundação Rosa Luxemburgo.

Vozes vegetais: diversidade, resistência e histórias da floresta, coletânea organizada pela Joana Cabral de Oliveira e outros pesquisadores, publicada em 2020, pela Editora Ubu.

Terror e resistência do Xingu, da Ana Alves de Francesco, publicado em 2021, pelo Instituto Socioambiental.

Direitos dos povos indígenas em disputa, coletânea organizada pela Manuela Carneiro da Cunha e o Samuel Barbosa, publicada em 2018, pela Editora Unesp.

A queda do céu: palavras de um xamã yanomami, de Davi Kopenawa e Bruce Albert, publicado em 2015, pela Companhia das Letras.

Sob os tempos do equinócio: oito mil anos de história na Amazônia Central, do Eduardo Góes Neves, publicado em 2022, pela Editora Ubu.

Repórter Brasil: https://reporterbrasil.org.br/

Reportagens com pesquisa sólida sobre diversos temas relacionados com a Amazônia como exploração de ouro, desmatamento e conflitos ligados ao uso da terra.

Instituto Socioambiental (ISA): https://www.socioambiental.org/

Com atuação em duas grandes bacias da Amazônia, a do Xingu e a do Rio Negro, o site do Instituto reúne um conjunto de notícias atualizadas sobre as questões socioambientais.

Observatório do Clima: https://www.oc.eco.br/

Rede que reúne 37 entidades da sociedade civil e monitora tanto os dados sobre a crise climática como também as políticas públicas adotadas – ou não – para lidar com a questão.

Povos Indígenas no Brasil: https://pib.socioambiental.org/pt/P%C3%A1gina_principal

Conjunto de informações sobre os povos indígenas, organizadas por povo, terra indígena, família linguística e unidades da federação.

Instituto do Homem e Meio Ambiente da Amazônia (Imazon): https://imazon.org.br/

Focado no monitoramento do desmatamento e da conservação na Amazônia, o site do Instituto traz muitos dados atualizados.

Dá uma olhada aqui

www.editorapeiropolis.com.br/e-eu-com-isso

Copyright© 2023 Nurit Bensusan

Editora
Renata Farhat Borges

Editora Assistente
Ana Carolina Carvalho

Revisão
Izabel Mohor

Ilustrações
Taisa Borges

Editoração eletrônica
Elis Nunes

Dados Internacionais de Catalogação na Publicação (CIP) de acordo com ISBD

Bensusan, Nurit
    Amazônia: e eu com isso? / Nurit Bensusan ; ilustrações de Taisa Borges. - São Paulo : Peirópolis, 2023.
    112 p. : il. ; 12,5 cm x 21 cm.

    ISBN: 978-65-5931-224-5

    1. Amazônia. 2. Crônicas. 3. Meio ambiente. I. Borges, Taisa. II. Título.

CDD 304.209811

Bibliotecário Responsável: Oscar Garcia - CRB-8/8043

Índice para catálogo sistemático:
1.   Amazônia : Meio ambiente 304.209811

Disponível também na versão digital no formato ePub
(ISBN: 978-65-5931-225-2)

1ª edição, 2023

EDITORA Peirópolis

Editora Peirópolis Ltda.
R. Girassol, 310F - Vila Madalena
São Paulo - SP, 05433-000
tel.: (11) 3816-0699 | cel.: (11) 95681-0256
vendas@editorapeiropolis.com.br
www.editorapeiropolis.com.br